D0634122

The Contemporary Poetry Series

Edited by Bin Ramke

SÁNDOR MÁRAI

Divorcio en Buda

Traducción del húngaro de
Judit Xantus Szarvas

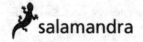

salamandra

Título original: *Valas Budan*

Ilustración de la cubierta: © Conrad Felixmüller,
VEGAP, Barcelona, 2017 /Album / akg-images

Copyright © Heirs of Sándor Márai, Csaba Gaal, Toronto
Copyright de la edición en castellano © Ediciones Salamandra, 2002

Publicaciones y Ediciones Salamandra, S.A.
Almogàvers, 56, 7º 2ª - 08018 Barcelona - Tel. 93 215 11 99
www.salamandra.info

Reservados todos los derechos. Queda rigurosamente prohibida, sin la
autorización escrita de los titulares del "Copyright", bajo las sanciones
establecidas en las leyes, la reproducción parcial o total de esta obra por
cualquier medio o procedimiento, incluidos la reprografía y el tratamiento
informático, así como la distribución de ejemplares mediante alquiler
o préstamo públicos.

ISBN: 978-84-9838-813-8
Depósito legal: B-13.400-2017

1ª edición, junio de 2017
Printed in Spain

Impresión: Liberdúplex, S.L. Sant Llorenç d'Hortons

Divorcio en Buda

traba mucho mejor. La vida moderada, una fuerte reducción de cigarrillos y cigarros, la disminución de sus obligaciones laborales, algo de ejercicio físico, un poco de deporte ligero, los paseos —desde hacía unos meses, iba y volvía andando del despacho—, todo eso le había hecho sentir una ligera mejoría.

Esa humillante y vergonzosa sensación de que va a pasar algo, algo que no es digno de él y que puede revelar cualquier cosa..., esa sensación no se ha vuelto a presentar, pero su amargo sabor se ha quedado almacenado en alguna parte de su sistema nervioso. Sí, son los nervios... En esta época, todo el mundo está nervioso.

Kristóf Kömives despreciaba el nerviosismo, lo consideraba en cierto modo algo inmoral. No era muy consciente de su desprecio, pero en el fondo, de una manera indefinida y oscura, consideraba que una persona honrada y virtuosa no puede ponerse nerviosa —con la excepción, claro está, de los enfermos que han desarrollado o heredado tal nerviosismo—, y pensaba que era una excusa despreciable, una defensa barata y superficial, propia de la época, para eludir con facilidad cualquier responsabilidad. Una persona puede estar sana o enferma, pero en ningún caso puede estar nerviosa: ésta era su opinión, y la expresaba incluso desde su puesto de juez. El mundo entero le parecía nervioso, quejumbroso e irresponsable, incapaz, entre lamentos y objeciones, de frenar sus deseos. Sentía un enorme desprecio por los matrimonios «modernos» que se dejaban llevar por los nervios, consideraba que los esposos corrían con demasiada facilidad a presentarse ante el juez para que los separase. Despreciaba profundamente a esos «pecadores nerviosos» que alegaban en su defensa los traumas de la infancia y la juventud, y juraban que habían actuado contra su voluntad, forzados al pecado por inclinaciones e impulsos irrefrenables.

Kristóf Kömives no creía en los impulsos irrefrenables: la vida es un deber, un deber ineludible; por supuesto, es un deber penoso y complejo, un deber que en ocasiones debe afrontarse con abnegación. Tal era su convencimiento. Podía experimentar pena por la gente, pero era incapaz de absolver a nadie. Creía en la fuerza de la voluntad. La voluntad lo es todo, solía afirmar, la voluntad y la obediencia asumidas de forma espontánea con un nombre más suave: humildad. La humildad cristiana es lo único que puede ayudar al ser humano a superar las crisis insoportables —¿no es ésta una palabra demasiado exagerada, demasiado moderna, demasiado patética?—, las crisis difícilmente soportables de la vida. ¿Insoportables? El término le acudía a la cabeza una y otra vez. Le encantaba sopesar el valor de las palabras. Estaba acostumbrado a examinar cada voz pronunciada al azar, a descubrir su verdadero significado, y analizaba con especial interés las sospechosas como ésta, las que surgen de los bajos fondos de la mente en medio de algún discurso sin pasar previamente por el tamiz de la razón. ¿Acaso la vida es insoportable? Kristóf Kömives no tenía mucho aprecio por esa civilización efervescente que lo rodeaba con sus anuncios luminosos y su ruido de motores. Conocía los límites de esa civilización, contaba con su censura y apreciaba los lugares recónditos, seguros y reglamentados donde el hombre moderno podía esconderse con todos sus instintos contenidos y controlados. Esa censura tenía un precio, pero ¿había otra solución?

Era su trabajo y su misión de juez sofocar los instintos que se rebelan contra la disciplina de la sociedad. Nunca había sido tan necesaria su profesión para proteger la sociedad y educar a sus miembros como en aquella época agitada, y Kristóf Kömives asumía completamente esa vocación como suya y trataba de ponerse a su servicio con toda su vo-

bían apoderado de su organismo, y él contemplaba el proceso con desconfianza y un ligero menosprecio; aunque vivía con moderación, conteniéndose en la comida y en la bebida, trataba de luchar contra ese debilitamiento orgánico con repentinos periodos de ayuno que introducía en su vida cotidiana sin control médico, de forma irregular. Desde luego, no había llegado al punto de tener que someterse a alguna de las curas de adelgazamiento de moda, que además le parecían algo afeminadas, impropias de su persona. Sin embargo, el problema de su forma física lo inquietaba. Parecía mayor de lo que era: tenía el aspecto de un cuarentón maduro con las sienes plateadas y una barriga considerable. A veces compartía tales preocupaciones con sus amigos íntimos, aunque con cierto tono de broma. «La barriga es signo de prestigio y autoridad», le aseguraban, y él mismo se convencía de que, con su aspecto, intentaba contrarrestar la falta de años. Mediante su apariencia, su manera de hablar y su modo de vida buscaba inspirar el respeto que le correspondía por su calidad de ciudadano y de juez, aunque en los momentos de sinceridad consigo mismo tenía que reconocer que últimamente se estaba volviendo demasiado comodón.

El proceso era complicado y le preocupaba con más frecuencia de la que deseaba. Era propenso a la obesidad, y esta propensión no le parecía un fenómeno propio de la «intimidad familiar», pues consideraba que había alcanzado ese estado físico con demasiada rapidez, como tantas otras cosas en la vida: las primeras etapas de su carrera, las responsabilidades familiares, la madurez, incluso el prestigio y la autoridad de que gozaba. ¿Qué había en el fondo de esa prisa? A veces, en oscuros momentos de inquietud, pensaba que tras ella se ocultaba la muerte: un profundo deseo de morir, muy poco moral, o quizá el temor a la muerte; y en los últimos tiempos había llegado a pensar que el deseo y el temor se confundían en un mismo sentimiento.

Estos «últimos tiempos» del calendario de su vida privada habían empezado en un momento preciso y determinado, en el mismo momento en que, durante el intervalo entre dos juicios, hacía de esto año y medio, se había sentido por primera vez mareado, presa de un extraño mareo que desde entonces se repetía de forma imprevista y a intervalos impredecibles. Esos mareos eran preocupantes, le daban miedo y también vergüenza; tenían algo de humillante, algo contrario al prestigio y la autoridad, que no cuadraba ni con su condición de ciudadano ni con su condición de juez, y se despreciaba por ello en lo más hondo de su corazón. Naturalmente, no era culpa suya... «Indisposición repentina, malestar pasajero, agotamiento»; así lo había calificado el médico después de que, en un breve espacio de tiempo, tras el primer ataque, sufriera el malestar una segunda y una tercera vez, y entonces tuviera que coger un coche para llegar a casa, porque se había mareado por el camino.

Kömives acudió al médico y su caso fue analizado desde diversos puntos de vista. Lo tranquilizaron diciéndole que no tenía ninguna malformación orgánica; su corazón estaba sano —los miembros de su familia, tanto en la rama paterna como en la materna, habían llegado a edades muy avanzadas— y él siempre había llevado una vida sobria, así que todo se debía seguramente a su estado nervioso o a un ligero agotamiento. Los análisis y el diagnóstico consiguieron calmarlo.

Desde hacía algunos meses intentaba ser más cauto con la nicotina —fumar era su única verdadera pasión, y no podía o no quería renunciar a ella—, y era verdad que se sentía un poco mejor. Los momentos de malestar, los súbitos mareos que casi le hacían perder el conocimiento pero que, por suerte, duraban sólo unos segundos, no se habían vuelto a repetir en el último año, o por lo menos no de la misma manera contundente y humillante. Ahora se encon-

2

La invitación era para una reunión celebrada entre la merienda y la cena, un tipo de tertulia que la gente de la ciudad había dado en llamar, en tono chistoso, «cenienda». Los invitados llegaban un poco antes de la hora de la cena, entre las siete y las ocho, y los anfitriones les ofrecían té, café, vino y platos fríos, todo colocado en sencillas mesitas que la gente abordaba en un constante ir y venir, en una atmósfera íntima y desprovista de rigideces convencionales; tales reuniones solían prolongarse hasta bien entrada la noche.

Estos ágapes resultaban más fáciles de organizar y precisaban menos gasto de tiempo y de dinero para los anfitriones que una cena formal, a la antigua; los tiempos exigían ahorro y los miembros de la clase media, que tenían una sola criada, cuando no se veían obligados a contratarla a tiempo parcial, y que hacían malabarismos para sobrevivir con sus jubilaciones recortadas o sus reducidos salarios pero trataban de guardar las apariencias, se esforzaban así, con la ayuda de soluciones demasiado obvias, para remendar las desbaratadas formas de la vida social.

La familia de Kristóf Kömives también solía invitar a los amigos a estas «ceniendas» modestas que pretendían reemplazar los ágapes de antaño por un sustituto humilde pero más acorde con los tiempos. De todas formas, este tipo de convites significaban un ahorro de gastos y también de trabajo para los anfitriones, en especial para el cabeza de familia, obligado a trabajar como un esclavo por el bien de los suyos. Por el camino, el juez iba pensando que durante los últimos años era como si se hubiese derrumbado y transformado todo, incluso las formas externas de la sociedad. Él conocía y apreciaba a los miembros de su clase social, de esa burguesía modesta pero elegante a la que veía como una gran familia; intuía en sus costumbres los grandes mitos de la familia, sus gustos eran los suyos propios, y él se sentía responsable del bienestar y la seguridad de la comunidad, tanto en el trabajo como en la vida privada.

Atravesó con paso lento pero decidido uno de los puentes del Danubio que van hacia Buda. Se había quitado el sombrero, y quien lo hubiera observado en aquel momento con las manos juntas detrás de la espalda, el cuerpo ligeramente inclinado hacia delante, el paso lento y casi distraído, y la mirada clavada en el suelo, entre los transeúntes que regresaban presurosos a sus casas después del trabajo, le habría echado más edad de la que en realidad tenía. A Kristóf Kömives se le había vuelto el pelo gris siendo bastante joven, y además había engordado durante los últimos años, desde que había empezado a trabajar en los juzgados y hacía una vida completamente sedentaria. Estaba preocupado por su aspecto. En el fondo de su corazón sentía cierto desprecio por cualquier tipo de desidia, ya fuera física o espiritual. Era propenso a enaltecer la vida ascética, aprobaba y alababa los nuevos métodos de gimnasia, y opinaba que las personas que se entregan con facilidad a las comodidades del cuerpo terminan descuidando también su alma, de modo que hasta su intelecto se vuelve obeso. A decir verdad, él todavía no había llegado a la obesidad, pero, desde hacía unos años, esa descomposición y ese relajamiento se hamás que como pánico injustificado frente al mundo, le hizo reflexionar. Atravesó la entrada, se detuvo en el primer peldaño y miró a su alrededor con la misma indecisión. A su espalda se cerró el gran portón de roble. Pudo oír cómo giraba la llave en la cerradura.

sentía simpatía desde la adolescencia y los años universitarios, con quien le hubiera gustado encontrarse y conversar, y con quien se había cruzado a veces sin poder hablarle, se había casado con aquella joven que él conocía y que... Pero en este punto se detenía.

¿Quién había sido para él Anna Fazekas? ¿Había significado para él algo más que una mera relación social, una relación tan superficial como cualquier otra? De soltero la había visto dos o tres veces en las pistas de tenis, y era cierto que también la había vuelto a ver después de casarse, pero sólo de paso, de la misma manera fugaz con la que se cruzaba con otras jóvenes solteras y casadas que conocía de vista, cuyos nombres recordaba a duras penas. De todas formas, le sorprendió que precisamente aquel Imre Greiner se fuese a casar exactamente con aquella Anna Fazekas, la misma con la que había paseado por la isla Margarita, que se había vuelto hacia él en el camino en penumbra como si quisiera decirle algo y no había dicho nada. Y ahora él tenía en su escritorio los documentos de la señora Greiner, de soltera Anna Fazekas. Así juega la vida con nosotros, pensó distraído e irónico, y soltó una risita maliciosa, muy queda, como avergonzado de sí mismo por un pensamiento tan trivial.

La mujer ha interpuesto la demanda de divorcio alegando como causa el abandono de hogar por parte del marido, Imre Greiner. En la mesa hay otros tres casos de abandono de hogar, y él mira los documentos con hostilidad. Si se tratara de un juicio penal, rechazaría llevar el caso de personas conocidas, aun superficialmente, como lo son su antiguo compañero de estudios y la esposa, pero en un proceso de divorcio la ley no le permite negarse a dictar sentencia, y si el intento de reconciliación no surte efecto, a las doce de la mañana siguiente él, por ministerio de la ley, decretará la disolución del matrimonio formado por Imre

Greiner y Anna Fazekas. La circunstancia de conocer a las partes implicadas no es razón suficiente para solicitar el cambio de juez. Y como tiene todos los autos de divorcio ordenados en su mesa y se está haciendo tarde, contempla por última vez el patio de la cárcel y, tras asegurarse de que no hay nadie, coge el sombrero y abandona el edificio con paso lento, como si los largos y silenciosos pasillos fueran los de su casa.

Al final de la escalera, junto al portón, el viejo portero lo saludó con respeto pero también con un leve toque de confianza. Ese gesto, que para un desconocido hubiera pasado inadvertido, no se le escapaba al joven juez cada vez que lo saludaba al entrar y al salir. Dicho tratamiento molestaba un tanto a su orgullo juvenil, pero al mismo tiempo lo halagaba. Era un simple funcionario, bastante mayor que él y de rango inferior, que saludaba así al juez, un superior de una clase social más elevada pero perteneciente al mismo gremio; y él percibía esa complicidad, ese comportamiento paternal y reverente a la vez. Y sin perder su actitud de superioridad le devolvía amablemente el saludo porque el viejo portero, hijo de un matrimonio de campesinos, también formaba parte de aquella compleja y gran familia de la que él era sólo un miembro prometedor.

Se detuvo bajo el portón y puso en hora su reloj de pulsera con el gran reloj de la entrada. Pensó en el patio de la cárcel, en los documentos de su mesa, en la sensación de intimidad correcta pero firme que reinaba en todo el edificio, entre los jueces y los funcionarios, entre superiores y subordinados. Como tantas otras veces, salía de mala gana, taciturno, era casi siempre el último juez en dejar el edificio; le contrariaba abandonar su despacho. Estaba indeciso, inquieto, como el monje que duda al salir del convento para entrar en la vida. Ese sentimiento, que no podía catalogarse

de. Durante aquel año en que cortejaba a su novia y se comportaba como alguien que ya está comprometido, aunque no de manera oficial, él continuó con su vida social, aceptando incluso invitaciones a las casas de muchachas casaderas; no obstante, las madres y las hijas interesadas sabían, por medio de ciertos informadores secretos, que tenía novia. En aquel tiempo también volvió a ver alguna vez a Anna Fazekas. La joven tenía un cuerpo espléndido, quizá hasta era bella... ¿Bella?

El juez mira hacia abajo, al patio de la prisión, como buscando a alguien. Han vaciado el carro y los guardias acompañan a los últimos presos con su carga hacia el portón de hierro. Ya no recuerda el rostro de Anna Fazekas. Ordena una vez más los documentos. Las diligencias previas cumplen todos los requisitos legales: las partes implicadas llevan más de seis meses haciendo vidas separadas; se solicita la disolución del matrimonio por abandono de hogar. Sentado ante su escritorio, se inclina hacia delante, saca del cajón inferior un paquete de cigarrillos liados en casa y pone algunos en su pitillera. De otro cajón saca un paquete de cigarrillos manufacturados que guarda para las visitas, mucho mejores que los suyos, con la boquilla dorada. A él le bastan los que le prepara Hertha o la criada, pero hoy tiene un compromiso social y quizá tenga que ofrecérselos a alguien, de modo que guarda también en la pitillera unos cuantos cigarrillos de boquilla dorada. Sus movimientos no son del todo espontáneos; mientras ordena los cigarrillos refinados y «elegantes» en uno de los compartimentos de la pitillera, piensa que esa especie de obligación moral de ostentación acaba con una parte de su sueldo pequeña, pero que tal vez bastaría para hacer más cómoda, más tranquila su vida y la de su familia. Él se contentaría con los cigarrillos más baratos, con un traje de peor calidad, con una casa más pequeña y modesta, con una vida social más sencilla, pero debe ostentar los cigarrillos de boquilla dorada ante el «mundo». Conoce estos pensamientos hasta el límite del hastío, y el hastío resurge ahora que debe presentarse en sociedad, donde lo pasará bien o mal, pero donde debe representar su pequeño papel por exigencias profesionales. Lanza un suspiro y sonríe con disgusto. Suspira porque ve como una carga inútil las obligaciones sociales de la vida y porque sabe que no puede cambiar nada de todo eso. Pliega los papeles ya ordenados y, con movimientos mecánicos, como los que se hacen en casa al tocar objetos conocidos, guarda en los cajones los cigarrillos y algunas cosas personales: la pluma estilográfica, las lentes, el tintero con esa tinta verde cuyo color le encanta y que echa de menos en cuanto se acaba o si, por descuido del ujier o suyo propio, o porque se haya secado, falta de su mesa.

Anna Fazekas e Imre Greiner, pensó. Echó la llave a los cajones y se la guardó en el bolsillo. Pasaban unos minutos de las seis y media. El edificio estaba ya vacío y hundido en el silencio. En su mesa había otros cuatro autos de divorcio; cogió uno, lo hojeó y volvió a dejarlo en su sitio. Se movía con rapidez, irritado. Buscaba en su memoria el último encuentro, pero no conseguía recordar cuándo había visto a Anna Fazekas por última vez. En los últimos años, el juez había intentado mostrarse en sociedad sólo en ocasiones excepcionales. Tal retiro silencioso tenía seguramente explicación, quizá la familia, quizá el modesto sueldo. Pero tal vez había otro motivo: se había refugiado demasiado pronto en el trabajo y en la familia, siendo aún joven; no le gustaba pensar en ello, había algo en el fondo de ese asunto que no quería afrontar. De la boda de Anna Fazekas se enteró por los periódicos. Luego no había vuelto a saber nada de ellos durante años. Recordó el momento en que descubrió, con un extraño sentimiento de hostilidad, que Imre Greiner, aquel Imre Greiner por quien

14

sen, por allí cruzaban los familiares de los presos en las horas de visita, por allí conducían a los presos hacia los juzgados para ser interrogados o para declarar ante el tribunal el día de la vista.

Conocía hasta el aburrimiento esa imagen, ese mundo triste y monótono; sin embargo, no pasaba un día sin que, antes de irse, se asomara a la ventana y se quedara contemplando la vida que se desarrollaba en el patio, como si quisiera cerciorarse de algo que en el fondo no quería descubrir. En la escena cotidiana del patio había algo objetivo que le recordaba a una fábrica; parecía el patio de una planta industrial donde cada día se suceden los mismos turnos de trabajo determinados por un horario inflexible, donde siempre ocurre lo mismo, y lo que ocurre no es tan horrible ni tan abominable como podría suponer un profano, sino que se trata más bien de algo triste y desesperanzado. Con estos sentimientos observaba a diario, durante unos minutos, el muro de la cárcel y el patio custodiado por varias puertas de hierro.

Imre Greiner, doctor Imre Greiner, pensó distraído. Así se llamaba el médico que iba a divorciarse. Poco antes, el juez había estado leyendo con atención todo lo relativo a su antiguo compañero de clase, buscando recuerdos comunes. El doctor Greiner era originario de la parte montañosa del norte de Hungría, y procedía de una familia sajona. Descubrió que era seis meses mayor que él; en junio había cumplido treinta y ocho, mientras que él, aunque habían estado en la misma clase, no los cumpliría hasta diciembre. No sabía muy bien por qué, pero el hallazgo le produjo cierta sensación de desencanto. También le había sorprendido la edad de la mujer. La señora Greiner, de soltera Anna Fazekas, había cumplido ya los treinta años. El juez echaba cuentas y reflexionaba. Con los documentos del divorcio habían aparecido ante sus ojos personas de carne y hueso que le habían traído muchos recuerdos; entre ellos, el de un verano especialmente caluroso y sofocante, nueve años atrás, cuando conoció a Anna Fazekas en las canchas de tenis de la isla Margarita. En aquella época la joven no podía conocer aún al doctor Greiner, o al menos no se hablaba todavía de posibles noviazgos.

Una tarde, Kristóf y Anna caminan juntos por los caminos de la isla, hacia el puente Margarita. Él le lleva la raqueta, ella tiene puesto un vestido de rayas bancas y azules. Mientras oscurece van hablando de una excursión por el Danubio. En la parada del tranvía ve el rostro de Anna Fazekas a la luz de una farola. Bajo la tenue luz, la joven vuelve la cara hacia él y sonríe, y su voz es muy dulce, aunque quizá esa dulzura, ese tono tierno y cálido lo está imaginando ahora. Van cuatro en total: ellos dos, una amiga de Anna Fazekas y un señor mayor, el padre de la amiga.

Antes de aquel encuentro, había visto a Anna Fazekas dos o tres veces como mucho. Lo único que sabía de ella era que su padre había sido inspector escolar en alguna ciudad de provincias, que se había jubilado y que unos años después se habían mudado a Budapest, aunque ella ya había estado estudiando varios años en un colegio de la capital. Anna estaba en esa edad en que las chicas quieren casarse, y durante aquel año había asistido a muchos bailes. ¿De qué habían hablado?

El juez no consigue recordar las palabras, pero aún puede oír la voz de la chica. Avanzan en silencio por el camino en penumbra. En un recodo se detiene y la muchacha se vuelve hacia él como si quisiera decirle algo. En ese momento ve su rostro con absoluta nitidez. Llegan al puente y siguen caminando en silencio.

Al día siguiente él se iba de vacaciones durante cuatro semanas a un balneario de Austria, donde conocería a su futura esposa, con la que no se casaría hasta un año más tar-

1

Septiembre se anunciaba con un calor sofocante. En una de esas tardes de otoño en que se debaten los últimos días calurosos del verano, el joven juez Kristóf Kömives estudiaba en su despacho los autos de algunos procesos de divorcio.

Le interesaba en especial uno de ellos, pues conocía, aunque de lejos, a sus protagonistas. El marido, la parte demandada en la vista que tendría lugar al día siguiente, era un joven médico muy célebre, jefe del laboratorio de un sanatorio de la capital. Había sido compañero de colegio de Kömives; habían estudiado juntos los primeros años del bachillerato y se habían encontrado de vez en cuando en los círculos sociales de los años universitarios, en los bailes y las reuniones estudiantiles. El juez recordaba con simpatía a aquel compañero de colegio modesto, silencioso y algo tímido. Ahora que reordenaba los documentos de su divorcio, la figura del médico se le aparecía con absoluta nitidez, como si lo estuviera viendo en el vestíbulo de un hotel elegante, en uno de aquellos bailes universitarios, a los veintidós o veintitrés años, respondiendo a las preguntas condescendientes pero amables de la gente importante con una sonrisa confusa y la expresión cohibida del joven poco hecho a la vida mundana. En aquel grupo estaba también él, entonces pasante de un despacho de abogados, y había sentido de repente una profunda simpatía por aquel compañero de estudios apenas conocido y olvidado. Había sido un momento de simpatía repentina que no tenía explicación. Luego se separaron tras sonreír con amabilidad e intercambiar unas palabras de cortesía, como si una prohibición indefinida pero invencible los separase. Esos torpes y estúpidos intentos de acercamiento se repitieron; algunas veces se encontraban en la calle y se saludaban con una sonrisa llena de alegría, pero sabiendo que tampoco esa vez ocurriría nada, que todo se reduciría a un cordial apretón de manos y a unas cuantas palabras amables pronunciadas con embarazosa lentitud, como si «hablaran de cosas distintas». ¿Distintas? ¿Cuáles?

El juez se levanta y se acerca a la ventana. Del patio llega el ruido de unas ruedas que chirrían bajo el peso de un carro. Oye las órdenes de los guardias, los golpes sordos de objetos pesados, seguramente sacos que caen al suelo, el murmullo de los presos trabajando. La ventana de su despacho da al muro divisorio de la cárcel, lleno de pequeños agujeros de ventilación; en su calidad de funcionario recién iniciado en la carrera judicial, situado aún en los peldaños más bajos del escalafón, le han asignado esa habitación muy poco cómoda, que se recalienta en verano y se queda pronto a oscuras en invierno. Los despachos más amplios y confortables, con ventanas a la calle, están asignados a los jueces de edad avanzada y rango superior, algo que él considera equitativo y justo.

Abajo, en el patio empedrado, los presos descargaban los sacos del carro, se los echaban al hombro y desaparecían en fila india por la puerta de hierro de la cantina. El juez llevaba tres años trabajando en aquel despacho y cada día dedicaba unos minutos a observar la vida que discurría en el patio de la cárcel. Allí llevaban a los presos para que pasea-

Lo que se construía de día, de noche se derrumbaba.

Balada popular transilvana

luntad y toda su fe. Ya no se trataba simplemente de administrar el castigo a los culpables y proteger a las víctimas inocentes. Había muchas más cosas en juego: estaba en juego todo, la civilización entera, la paz, toda la paz de la sociedad humana, las formas, la fuerza de las formas que mantienen y rigen la vida, las formas que unas manos sospechosas y sucias intentaban hacer añicos. Él se mantendría al acecho, siempre en su puesto. Pero ¿merecía esa sociedad una protección tan incondicional? ¿Era realmente inocente? ¿Qué contenido moral le quedaba a una sociedad llena de motores y de lujuria? Y esos extraños mareos, por fortuna insignificantes y sin causa orgánica, esa compleja rebeldía un tanto vergonzosa de sus nervios, ¿no estaría relacionada en secreto con las dudas que él alimentaba en el fondo de su conciencia sobre la validez de las formas vigentes y sobre el contenido moral de una sociedad defendida a ultranza?

Sus dudas reflejaban las controversias que desde su puesto de juez rechazaba con decisión y ahínco, unas controversias «modernas» que, de vez en cuando, salían a la superficie de las profundidades del alma humana, controversias que él resolvía con serias dificultades y tras un fuerte sentimiento de rechazo. Ya no creía en una sociedad idílica. La sociedad buscaba nuevas formas de vida, y era su tarea de juez vigilar a los que, llevados por su conciencia o por el engaño, movidos por la debilidad o por la inseguridad de sus nervios o de su carácter, se rebelaban contra la censura de la antigua sociedad humana.

Él era un hombre joven, y de la misma manera que se había adaptado a su profesión y a su vocación en su aspecto físico, había elaborado una forma psicológica dentro de la cual era capaz de situarse con todas sus convicciones y todas sus dudas. Había examinado sus convicciones al detalle y las asumía públicamente. Su trabajo consistía en salvar y conservar, y tenía que delegar en otros la tarea de construir junto con las terribles responsabilidades que eso conlleva. Se había quedado solo con sus dudas en su mundo, en el mundo laboral y en el familiar. Nadie podía acusarlo de haber actuado con comodidad o con cobardía. No se había entregado sin condiciones a las exigencias que su profesión, el Estado, la sociedad le pedían: no bajaba la vista, sino que intentaba mirar sus dudas cara a cara. Comprendía y admitía en su totalidad la independencia y la superioridad otorgadas por su profesión, así como todas sus consecuencias. Debía juzgar con severidad y según la legislación vigente, respetando el espíritu de las leyes.

Sin embargo, al contemplar la vorágine de la época, a veces tenía la sensación, o al menos le parecía tenerla, de que la ley se había quedado atrás, de que no había podido prever el proceso de descomposición que lo barría todo y que hacía temblar los cimientos de las cosas. La ley, en sus crueles intransigencias, resultaba demasiado débil e ineficaz comparada con la tiranía de los tiempos. En su condición de juez, se veía obligado a rellenar la letra de las leyes con un contenido acorde con la época. Detrás de cada juicio insignificante estaba «todo», burlándose de él con terribles muecas, toda una generación de seres humanos que pronunciaba discursos elocuentes sobre la construcción de algo nuevo y que no dejaba de rebuscar entre los escombros de lo viejo, de lo destruido. ¡Vamos, ponte en el sitio que te corresponde y júzgalos!, pensaba a veces. Pero luego se ponía en el sitio que le correspondía y los juzgaba respetando de modo impecable el espíritu de la ley. ¡Qué profesión!, se decía en ocasiones, presa de un terrible cansancio. Sin embargo, levantaba la cabeza de inmediato para repetir con orgullo: ¡Sí, qué profesión! ¡Qué profesión tan difícil, sublime y sobrehumana, y al mismo tiempo tan digna del ser humano!

¿Sentían lo mismo los otros miembros del órgano judicial, esa grandiosa maquinaria que nadie era capaz de mejo-

rar y dentro de la cual los seres humanos eran sólo componentes insignificantes pero sensibles? Entre los jueces decanos que le habían enseñado el oficio había encontrado a más de uno que era consciente de su nueva responsabilidad. Esos jueces sabían que se trataba del «todo»: sí, más allá del espíritu de las leyes y de la idea de la «justicia», había que neutralizar peligros prácticos y materiales. Había que salvar la sociedad, no solamente las formas, sino la sociedad misma, el contenido, los seres humanos de carne y hueso, el alma de los niños y la vida de los adultos, y también su entorno, los pisos de dos habitaciones con cocina y los de tres habitaciones con baño, los salarios de los empleados y los créditos de los comerciantes... ¿Se hablaba de todo eso en el órgano judicial? Sólo de tarde en tarde; y él era consciente de ello cuando dictaba sentencia en los juicios.

¿Pensaba siempre en ello, cada vez que dictaba una sentencia? Se había detenido en medio del puente, como hacía todas las tardes al volver a su casa, y apoyándose en la barandilla suspiró profundamente y contempló con gesto miope la ciudad que se diluía entre las brumas del atardecer.

Ante sus ojos se extendía Pest, la parte nueva de la gran ciudad, en la orilla izquierda del río ancestral, ese río que une varios países; veía sus imponentes edificios, sus modernas casas de pisos, con las fachadas lisas, pintadas de colores vivos, donde, tras unas paredes delgadas que dejan escapar todos los ruidos, vivían sus nerviosos contemporáneos; donde las mujeres cuidaban plantas espesas y cactus colocados en las repisas de las ventanas; donde, por encima de los estrechos divanes y de los sofás modernos e incómodos, tapizados con telas rayadas, había estantes con libros, libros hechos para aclarar la imagen del nuevo mundo; libros inquietantes que generan dudas, libros que intentan explicar las cosas y que proclaman sus verdades de una manera cruel; libros que a veces llegaban a la fiscalía y sobre los cuales él mismo, como juez, tenía que opinar en ocasiones.

Se esforzaba en leer esos libros y, al mismo tiempo, temía por la humildad y por el equilibrio de su alma. Allí, en la orilla izquierda, delante de sus ojos, se extendía la ciudad nueva con sus imponentes masas de piedra, con sus forúnculos de cemento, llena de dudas y de seres humanos inquietos que pugnaban por sacar dinero del desierto de piedras, que se dejaban llevar por el «nerviosismo», que a duras penas conseguían dominar sus instintos, que creían y amaban de manera distinta, que hablaban y callaban de otra forma, que estaban sanos o enfermos, que eran felices o desgraciados de un modo diferente al suyo; unos seres humanos que al final él tenía que juzgar. ¿Acaso los conocía profundamente? ¿Acaso los comprendía con todas sus intenciones? Esas fachadas lisas, pintadas de colores chillones, le resultaban extrañas. Todas las expresiones de la vida moderna manifestaban objetividad, pero detrás de esa objetividad aparente había confusión y dudas, dudas arraigadas en el fondo del alma sobre el sentido de las normas, de las leyes, de los principios.

Apoyó la cabeza en las palmas de las manos y miró así la ciudad conocida y extraña, la ciudad pecadora y criminal, la gran ciudad que se afanaba con angustia de asmático en conseguir más dinero, más placeres, más poder; la ciudad que estaba unida al mundo, a Occidente, por las arterias del pensamiento, la moda, la ciencia, el comercio y las finanzas; una ciudad que había tomado prestadas formas nuevas que digería mal, que andaba todavía un tanto harapienta aunque no perdía de vista la última moda europea.

Él miraba esa ciudad y la sentía extraña. Era una ciudad demasiado grande, intranquila y de gustos extranjeros. Cada mañana, al cruzar el puente para ir a su despacho, donde tenía que juzgar las dudas, los deseos y los crímenes de la ciudad, experimentaba la misma confusión que había experimentado en la estación de ferrocarril de la capital cuando se había bajado del tren que lo traía de su ciudad natal, una ciudad de provincias, y había creído que tardaría en comprender con exactitud la manera de hablar de sus habitantes. Él no había perdido nunca su acento, típico del norte del país, y ese pensamiento le hizo sonreír.

Se volvió hacia el panorama más histórico de Buda, en la orilla derecha del río, y contempló un tanto aliviado la imagen conocida, como si después de un largo viaje regresara por fin a casa. El paisaje de la orilla derecha representaba el pasado de la ciudad, con su exposición de objetos litúrgicos y sus ruinas, piadosamente conservadas bajo la brillante cúpula de luz cristalina del atardecer otoñal. Miró largamente, casi emocionado, la vista que Buda le ofrecía, los colores típicos de septiembre en el parque del Castillo, los castaños de hojas marchitas en la orilla del río, los edificios históricos que conservaban y expresaban algo muy valioso, algo que para él era más que un recuerdo, más que una tradición. Aquella vista despertaba en él un sentimiento de verdadera intimidad, de alegría familiar. Se regocijaba con la noble imagen de la iglesia de la Coronación, rodeada de andamios, con la visión de los edificios públicos elevándose en lo alto, como castillos medievales que expresan el pensamiento histórico con la solidez de sus piedras. Al otro lado de la colina asomaban los silenciosos barrios antiguos, medio escondidos, temerosos, donde los nombres de las calles recordaban los oficios de sus antiguos habitantes; sentía que estaba unido a todo aquello de una forma íntima y entrañable. Se resistía a aceptar que el significado histórico que el barrio del Castillo expresaba con sus baluartes orgullosos, casi soberbios, resistentes al paso del tiempo y a los cambios de las modas, hubiese llegado a su ocaso.

Si todo el mundo permanece en su lugar, como él hace, si todo el mundo cumple con su deber, incluso en los tiempos modernos, todavía se puede salvar la familia a la cual pertenece, la gran familia a la que ha jurado fidelidad. Con sus ojos miopes miraba a la derecha y a la izquierda. Para él, expresiones como «permanecer en su puesto» o «cumplir con su deber» estaban llenas de un contenido muy sencillo, en absoluto poético, casi palpable. Su convicción de pertenecer a una gran familia era para él simple y profunda.

¿Cuál era su deber en la práctica, en la práctica cotidiana, libre de connotaciones poéticas? Aferrarse a todo lo existente, a la tradición devota, a la humilde simplicidad de las formas de vida, a las normas de la convivencia, aferrarse a todo lo que se puede ver y se puede probar, a lo real, al conjunto de sentimientos, voluntades y recuerdos, rechazar todo lo que supone duda y destrucción, el deseo basado en los instintos y en la irresponsabilidad de los individuos.

Para él, las palabras «humildad» y «renuncia» conservaban su significado y su valor ancestrales, pues contenían una fuerza superior a la ley, una fuerza que ejercía en él una influencia más directa incluso que sus creencias religiosas. Porque en las profundidades, en la conciencia de la gran familia, en las nuevas generaciones algo había empezado a fermentar, una insatisfacción que buscaba lemas comunes para expresarse. Los jóvenes se encontraban al borde de los extremismos políticos, y sólo tenían en común la convicción de que las generaciones anteriores ya no eran capaces de contener aquella insatisfacción social con sus métodos oxidados y chirriantes. En lo más profundo de la sociedad y en lo alto de los edificios de viviendas, los jóvenes se preparaban para algo. Kömives percibía con todas las fibras de su cuerpo tal preparación, y también que él ya no formaba parte de esa juventud.

3

Kristóf Kömives había nacido en la frontera entre dos mundos. A veces llegaba a pensar que era la monstruosa criatura de un momento histórico doloroso, el cambio de siglo, cuando la pequeña burguesía todavía disfrutaba plenamente de los bienes familiares con total seguridad; cuando el país, aún sin dividir, abarcaba entre sus amplias fronteras naturales todas las razas y todos los estratos sociales, y la clase acomodada disfrutaba de una paz idílica, sólo perturbada por los anuncios luminosos y el fuego fatuo de lejanos movimientos subterráneos que anunciaban un peligro cercano. ¿Quién tenía tiempo de prestar atención? La vida brillaba durante toda la semana con el esplendor de un domingo. Había nacido en el umbral de la última década pacífica del siglo, en una familia acomodada con reminiscencias de la nobleza, cuyos miembros trabajaban como funcionarios. Su madre era de origen sajón, y probablemente había heredado de ella la suavidad, cierto sentimiento vital decadente y una acusada sensibilidad para lo invisible y para lo imposible de experimentar, aunque por fortuna estos rasgos de su carácter se mezclaban con la dureza y la sobriedad paganas de su padre. Gábor Kömives, el padre, descendía de una antigua y renombrada familia de jueces; el abuelo, Kristóf Kömives, cuyo nombre había heredado él, había sido magistrado del Tribunal Supremo; la profesión pasaba de padres a hijos de forma natural. Era una familia de jueces no sólo porque el abuelo lo hubiera sido y porque el bisabuelo hubiera sido procurador, además de administrador y consejero del tesoro real, sino porque todos poseían una vocación profunda y misteriosa por el derecho, la justicia y la ley. Todos sus antepasados habían servido en la administración de justicia; siete generaciones de la familia habían usado el lenguaje jurídico, y hasta las conversaciones domésticas estaban salpicadas de citas en latín. Eran jueces de los más altos tribunales del país, para quienes el trabajo era más un honor que una necesidad, jueces que iniciaban su carrera siendo jóvenes y ricos, y se retiraban ya muy mayores a una vida modesta. Se trataba de una familia dedicada a las leyes, como tantas otras familias húngaras de la pequeña nobleza. Estaban tan íntimamente ligados al mundo del Derecho que parecía una cuestión de sangre, de parentesco, y su cultura clásica se reflejaba incluso en la manera de pensar de los descendientes.

Kristóf Kömives, hijo de un famoso presidente de tribunal de finales de siglo, había sido educado en el espíritu severo y consecuente, humanístico, de la tradición familiar. Su padre se había casado en dos ocasiones, y él había nacido del segundo matrimonio. Su madre, hija de un médico de Késmárk, se había desposado muy joven con el padre, que entonces ya había cumplido los cincuenta y se encontraba en la cima de su carrera profesional. Este segundo matrimonio que parecía basado en inclinaciones y sentimientos mutuos había terminado de manera desafortunada o, al menos, sorprendentemente «irregular».

El fin de este matrimonio fue contrario a toda la tradición y a todas las normas familiares: después de ocho años de convivencia, cuando el hijo mayor no había cumplido ni

los seis, la segunda esposa abandonó el hogar sin más y, al cabo de un tiempo, se casó con un ingeniero del ayuntamiento. Kristóf nunca pudo comprender del todo ese misterio, esa rebeldía, esa arbitrariedad incomprensible. El padre cayó enfermo por ese golpe del destino. La rebeldía de su esposa debió de herirlo en el centro de gravedad de su ser, allí donde una persona se encuentra anclada y donde es auténtica e íntegra. Al parecer, la madre tampoco pudo superar la crisis de la huida; quizá se decidió a ello demasiado tarde y para entonces su fuerza vital había quedado mermada a causa de las imperceptibles luchas del matrimonio, pues tres años después del divorcio, antes de que pudiera acostumbrarse a su nueva vida, falleció de fiebre puerperal. Kristóf nunca llegó a conocer a su hermanastro, un niño enfermizo y tímido, pues el padre, un hombre prematuramente envejecido, se marchó de la ciudad llevándoselo con él. El misterioso ingeniero, según se enteró Kristóf más tarde, no tenía nada de seductor: era un hombre taciturno y aprensivo, arrastrado a la aventura por el impulso desesperado de la mujer. El hijo falleció en la guerra, aunque no en el frente, de «muerte gloriosa», sino a causa de un resfriado que cogió en las oficinas del cuartel donde realizaba tareas de escribiente, un resfriado que se transformó en neumonía y que acabó con él en pocos días.

Después de ese segundo matrimonio malogrado, Gábor Kömives vivió en soledad el resto de su vida; en aquella época lo habían trasladado a la capital, y fue en esas dos últimas décadas de su carrera judicial cuando se hizo ejemplar y célebre. Quizá no había logrado llegar tan alto en el escalafón como otros colegas, más ambiciosos o más afortunados —cuando murió era tan sólo el presidente de un consejo del Tribunal Supremo—, pero siempre había sido uno de los mejores juristas, e incluso los profanos citaban su nombre con la admiración y el entusiasmo maravillado que se reserva a los grandes jueces, que conocen el corazón y el alma de los hombres y, a la vez, son la personificación de la Ley, y que con su equidad infalible e intransigente inspiran a la gente deseosa de justicia, tranquilidad y temor al mismo tiempo. Tal era su fama.

Los jueces jóvenes lo veían como un ejemplo e imitaban su manera sosegada pero convencida de impartir justicia. Gábor Kömives sabía imponer el orden con una sola mirada, con un solo gesto; sabía dominar la sala alborotada con un movimiento afirmativo de la cabeza, con un abrir y cerrar de ojos que expresaban sorpresa y frialdad. Nunca discutía con los abogados, ni con los acusados, ni siquiera con los testigos. Cuando entraba en la sala, la dominaba con su presencia indiscutible e inequívoca, elegante e inabordable. Nadie podía entonces sustraerse a su influjo, y hubo una época en que se mencionaba su nombre en el cerrado mundo del Derecho como el del gran maestro que «había creado escuela». Naturalmente, Gábor Kömives nunca se había propuesto crear escuela: una influencia humana y profesional de tales características sólo surte efecto si es involuntaria, casi inconsciente. Se sentaba en su sillón de juez como un gran señor que imparte justicia con sabiduría; quizá sus antepasados paganos juzgaban así a sus esclavos, con esa seguridad señorial, con esa soberbia de padre de familia, o tal vez lo hacían así sus antepasados de la pequeña nobleza, cuyo linaje llegaba hasta la familia de los Anjou y cuya experiencia en la justicia sobrevivía en los gestos de los descendientes.

Pocos sabían que aquel hombre, que estaba por encima de todas las pasiones humanas, parco en palabras, inabordable y cerrado, era en su fuero íntimo una ruina viva, más miserable y desafortunado que un paralítico, lleno de dudas y heridas, desesperado aunque lo disimulara con una fuerza sobrehumana. Incluso Kristóf tardó años en descubrirlo.

La razón de ese estado de desmoronamiento interior era muy sencilla: su padre había amado a aquella mujer, a su segunda esposa. Había enterrado sin mayores penas a la primera, que le había dado una niña, pero el abandono de la segunda le había causado muchísimo dolor. Y no tanto porque lo hubiese abandonado de manera irregular, con una rebeldía que negaba, en opinión de los Kömives, todos los usos, las costumbres, las leyes y hasta la más elemental educación humana; las heridas de la ofensa habían dejado cicatrices, y su alma orgullosa no había podido encajar el golpe, pero el dolor no solamente se alimentaba de su carácter orgulloso, sino que se saciaba con otro tipo de veneno amargo. Al padre le dolía que su esposa lo hubiese abandonado, le dolía porque la amaba. ¿Qué había ocurrido entre ellos dos? Kristóf nunca llegó a averiguarlo. Después de la muerte de su padre, encontró en el fondo de uno de los muchos cajones de su escritorio unas cartas atadas con un lazo negro, escritas en la época de su noviazgo, unas cartas llenas de pudor y modestia, reservadas y poco confidenciales; y también una serie de notas de todo tipo, el libro de cuentas domésticas, recetas de cocina escritas en trozos de papel, facturas, breves mensajes anotados a lápiz: todo lo que tenía que ver con la mujer, hasta el más mínimo detalle, todo lo que ella había dejado, todo lo que evocaba su pasado en común, como las facturas de un balneario de Baviera donde habían estado en la primera época de su matrimonio. El padre lo había reunido todo y luego lo había atado con un lazo negro. Aquello resumía la existencia de su padre, lo mejor y lo peor que la vida le había ofrecido.

Kristóf leyó las inocentes cartas con intranquilidad; durante un tiempo le tentó la idea falsamente caballeresca de tirar todos los recuerdos al fuego sin examinarlos, unos recuerdos que representaban los autos fidedignos de una tragedia ardiente, inacabada, nunca aclarada; pero esos testimonios guardaban los secretos de las dos personas que le habían dado la vida, y concluyó que tenía todo el derecho del mundo a conocerlos. Por otra parte, las cartas no delataban nada en absoluto. Estaban redactadas con pudor y tacto, como suele ocurrir entre dos personas que no se conocen, un hombre y una mujer que sopesan y temen el efecto de cada frase, que sienten profundamente el significado oculto de las palabras. Una de las cartas de la madre, escrita unos días antes de la boda, terminaba de esta manera: «Haré todo lo posible para que puedas confiar en mí.» Kristóf dejó las cartas en su lugar y nunca volvió a tocar aquellos recuerdos íntimos, pero durante mucho tiempo llevó la frase grabada en el alma como el eco de un grito desesperado. Pensaba que sólo escribe algo así quien teme aceptar la confianza de otra persona. Pensaba también en su padre, que había guardado todos sus secretos hasta el final. Comprendió que su padre había amado a aquella mujer, que se lo habría perdonado todo, la huida, la infidelidad... ¡Qué palabras!, pensó entre escalofríos. ¡De lo que es capaz el amor!

Los hijos se habían educado en diferentes internados. En las fiestas y en las vacaciones, llegaban al hogar desde tres puntos cardinales distintos, pero en esa época el hogar sólo era ya un piso alquilado en la segunda planta de un edificio de viviendas. El padre había vendido la casa que tenían en el norte del país y se había ido a vivir a la capital. La mujer que se encargaba de llevar la casa del juez ya anciano era una pariente lejana, la típica pariente pobre que vive asustada a la sombra de los miembros de la familia, y nunca se atrevió a comportarse con los niños como la sustituta de la madre. El hijo menor, el hermano pequeño de Kristóf, estudiaba en una academia militar, y su hermanastra, Emma, estaba interna en un colegio de monjas provincial. Él se había quedado bastante más cerca del padre, a media hora de la capital, en un colegio de curas. Las vacaciones

transcurrían en un ambiente tenso y confuso... Era como si desaprovecharan la ocasión de conocerse, como si se hubieran olvidado de algo, de mantener una conversación inevitable, de esa charla absolutamente necesaria que lo vuelve todo más simple, más claro, y hace posible intimar, revelar secretos, que alegra esos encuentros o, al menos, evita la sensación de estar entre extraños dentro de la propia familia. Pero el momento de mantener una verdadera conversación entre ellos no se presentó nunca; Kristóf se quedaba aguardando a que alguien empezase a hablar, quizá su hermano menor, que, a pesar de su educación militar, seguía echando de menos a la madre, anhelaba una familia de verdad y era el que más sufría de los tres por la soledad de su infancia. La hermana, sin embargo, era asombrosamente tranquila, desapasionada y modesta, y se comportaba siempre como si acabara de despertarse de un sueño aburrido y no esperara nada especial del día que empezaba. Kristóf terminó por comprender que las conversaciones de este tipo en realidad no existen, que no es posible arreglar con palabras las situaciones reales de la vida porque son duras y concisas como una roca o un monolito ancestral. Las relaciones de los miembros de una familia no se pueden cambiar, quizá solamente un terremoto o una catástrofe natural pueden modificar su situación y su composición. Pero, al igual que no existen conversaciones como las que Kristóf había deseado durante toda su infancia, tampoco existen los cataclismos que puedan cambiarlo todo y anular la rigidez de las situaciones y las relaciones, o por lo menos son muy raros. Tal vez la muerte del padre habría podido convertirse en una ocasión así, pero tampoco su muerte pudo deshacer lo que era definitivo en la relación de los hermanos.

Las vacaciones, las fiestas que los hermanos pasaban en la casa del padre eran días de ambiente sofocante, de espera continua. Durante las comidas y las cenas, Kristóf permanecía inquieto en su silla, como si estuviera seguro de que en cualquier momento el padre o el hermano menor empezarían a hablar; se mirarían, dejarían el tenedor en la mesa y, entonces, ocurriría algo. Pero nunca ocurrió nada. Con los años, el padre se volvió más y más severo en las comidas o durante los cortos momentos solemnes que pasaban juntos cuando los visitaba en sus respectivos colegios; se comportaba como un verdadero padre, se mostraba intransigente, formulaba preguntas precisas y recibía respuestas tímidas, igual que un médico o..., sí, igual que un juez. Algo se había roto en su interior, estaba herido y se defendía mostrándose inabordable y reservado. Entonces Kristóf sólo podía ver en su padre a un hombre inflexible y frío, pero cuando se dio cuenta de que escondía tras un muro las ruinas de una catástrofe, de que se encontraba completamente solo entre los desechos de una vida acabada, como Job sobre un montón de basura, sin quejarse durante años y años ni reclamar la más mínima ayuda, sin esperanza alguna, lo invadió un profundo sentimiento de culpa. Eran los hijos quienes habían abandonado al padre, lo habían dejado solo en su miseria con una crueldad inconsciente, o quizá no tanto.

Esa miseria iba cargada de orgullo, de soberbia, y Kristóf la interpretó durante años como un signo de hombría, aunque con el tiempo fue cambiando de opinión sobre el comportamiento de su padre y sobre la hombría, y llegó a pensar que la hombría no es destruirse por algo que no se puede soportar, que quizá se es más hombre si se transige y se busca la mejor solución posible. A lo mejor «afrontar las consecuencias» significa simplemente humillarse y enseñar las heridas, aunque un invisible corro de señores con sus normas no escritas opine de otra manera. Cuando lo comprendió ya era tarde: el padre había cortado todas las vías de comunicación.

Falleció tres años después de la guerra, de una enfermedad terrible, tras largos sufrimientos que aguantó con dignidad sobrehumana. Su alma envenenada concedió a su cuerpo el permiso para morir, como si sentenciara: «Ahora ya puedes, eres libre.» La pérdida de enormes territorios del país y el interludio de poder comunista le proporcionaron el tiro de gracia a su alma atormentada. Aquellos tiempos lo hirieron en un punto donde su alma ya no podía defenderse: quizá habría podido seguir aguantando las heridas de su vida privada, pero las de la gran familia, las heridas de la patria, acabaron con él. Muchos hombres de su clase y de su generación fallecieron así, y seguramente no eran los más viles. El concepto de patria tenía para su padre un valor más amplio que el de familia, era algo constante que exigía la máxima responsabilidad por parte de sus miembros más destacados. Recibió aquel golpe del destino en todo su ser, en cuerpo y alma, como si su familia hubiese sido mancillada, como si la infamia que había dejado herido el país hubiese herido a su propia familia, a todas las familias. Su agonía fue también la rendición de cuentas de alguien que admite su responsabilidad en lo sucedido y, a su modo, se dispone a pagar por ello. Kristóf sabía que su padre y los demás padres de su generación habían fracasado. Aunque nadie les pidiese explicaciones, aunque los hijos todavía no entendiesen la magnitud de la catástrofe, su fracaso era indudable y, por más que pudiera retrasarse el ajuste de cuentas, terminarían pagando por ello un precio terrible. El padre pasó largos meses en la cama, pero fue a perder la paciencia en la última semana. Unas horas antes de su muerte, mientras estaba a solas, se levantó con mucha dificultad, se arrastró hasta su despacho, sacó de uno de los cajones una pistola olvidada y quiso acabar con su vida. Se cayó con el arma en la mano y quedó tendido en el suelo de la habitación, bajo los retratos familiares; cuando lo encontraron estaba inconsciente; al cabo de unas horas entró en coma.

La pistola que el padre quiso utilizar para adelantar su final y algunos retratos era todo lo que Kristóf conservaba de sus pertenencias. Entre los retratos había uno de su madre, una fotografía coloreada en la que aparecía con Kristóf en brazos cuando él tenía apenas un año; ella llevaba una blusa negra con un camafeo en el cuello; fijaba la vista en la cámara con una mirada interrogante y desconfiada, como si dijera: «Tengo razón; ¿quién se atreve a quitármela?» La fotografía había sido tomada al principio del matrimonio de los padres. Kristóf la había colocado en la pared de su despacho, encima del escritorio, frente al retrato de su padre.

4

Se había educado en colegios de curas, y guardaba buenos recuerdos de sus años de estudiante. Kömives era un hombre profundamente creyente, pero su religiosidad no era fruto de la educación. Su padre respetaba los mandamientos, acudía a la iglesia en las festividades importantes y comulgaba en Semana Santa, pero Kristóf no sabía si se confesaba con regularidad, nunca lo vio rezar, jamás habló con sus hijos de la fe ni mostró interés por el estado íntimo y complejo de su desarrollo espiritual. Una vez al año, en la tarde del último día de diciembre, llevaba a sus hijos a la iglesia del centro.

Se sentaban en uno de los bancos de atrás, en la penumbra, en la parroquia abarrotada de personas que no van a más misa que ésa, que aparecen por la casa de Dios sólo esa tarde, cuando la conciencia las obliga a hacer balance, y el miedo, la culpa, la esperanza y el desaliento las atraen a los pies del Desconocido que escucha pero no responde, que atiende pero no pregunta. Esa gente se sentaba a su alrededor turbada con sentimientos de ese tipo, afligida por un pánico solemne, y Kristóf se daba cuenta de que también su padre era uno de esos creyentes ocasionales. Acudían todos los años, vestidos de gala, y permanecían callados y rígidos en la atmósfera fría y húmeda, sentados en fila según su rango: primero el padre, a su derecha Emma, luego Kristóf y al final Károly, vestido con su uniforme militar y la espada al cinto. Kristóf temía esa «última tarde» —así llamaba él en secreto a esa especial visita a la casa del Señor—, la temía y sentía pena por su padre.

Cada familia, cada individuo tiene su propia agenda religiosa, donde figuran los días en los que honran algo incomprensible e inalcanzable: los aniversarios de los familiares fallecidos, los días de ayuno voluntario, las fiestas íntimas. El padre había escogido el último día del año para la meditación demostrativa y los hijos se quedaban sentados a su lado sin comprender su intención. Lo normal es ir a la iglesia los domingos, las fiestas de carácter religioso o los días en que ocurre algo, cuando alguien se muere o cuando la religión así lo determina. Pero había algo extraño e inexplicable en la obstinada meditación de fin de año del padre. Se preparaban para ese día como para un rito fúnebre y penoso, como si se tratara de un entierro. La comida transcurría en medio de una solemnidad silenciosa. El padre se vestía con sus mejores galas a primera hora de la mañana. Al llegar a la iglesia, se sentaba en el banco de siempre, apoyaba los codos en las rodillas y se cubría el rostro con las manos; ni se santiguaba ni abría su libro de oraciones. Permanecían sentados allí durante hora y media, más o menos, hasta que empezaban a temblar de frío.

Entonces el padre se levantaba y salían. Los llevaba de paseo al centro, les dejaba mirar los escaparates, escuchaba sus deseos y los cumplía todos, aunque después de la meditación en la iglesia, en ese ambiente de ceremonia y de solemnidad, no se atrevían a «desear» nada especial.

Nunca hablaban de ello, pero de una manera disimulada y cobarde siempre estuvieron de acuerdo en no abusar de la generosidad momentánea del padre; preferían pedir co-

sas útiles: un par de guantes o algún libro que les hiciera falta en la escuela, cosas que no les causaban placer y que el padre compraba inmediatamente, alardeando de su prodigalidad festiva. Nunca habían hablado de ello, pero incluso sin palabras sabían lo que obligaba al padre a esa generosa obra de caridad; callaban como cómplices, y sin embargo eran conscientes de que su padre hacía penitencia para «expiar» sus culpas. ¿Pero qué culpas? ¿Y por qué debía expiarlas? Kristóf veía así esos regalos de fin de año. No eran sinceros unos con otros, pero incluso su silencio los delataba. Con toda seguridad, el padre se habría sorprendido y molestado si uno de ellos hubiera deseado algo inútil, como un juguete, algún artículo de perfumería o unas chocolatinas; no, no podían ni pensar en algo así. El pequeño Károly solía echarse a llorar en esos paseos de fin de año: como no se atrevía a confesar sus deseos, prefería no pedir nada en absoluto. El lápiz o la pluma que el padre le regalaba en una demostración de generosidad, lo tomaba en sus manos sin decir palabra, lo apretaba con fuerza y, cuando llegaba a casa, lo guardaba en un cajón y nunca más volvía a mirarlo. Kristóf se dio cuenta bastante pronto de que, de ellos tres, Károly era el que peor soportaba el carácter práctico de la educación paterna. Los días de fiesta el niño estaba siempre triste, no decía nada, apenas comía, y Kristóf, que le demostraba siempre la benevolencia del hermano mayor, lo oía muchas noches llorar a lágrima viva en la habitación a oscuras.

Él, el hijo mayor, se sentía bien en el colegio de curas y no echaba de menos su casa. Entre sus compañeros había muchos en una situación parecida: veían las vacaciones como un deber pesado y penoso; llegaban a sus casas con la cara larga para pasar la Navidad o las vacaciones de verano y se apresuraban a volver antes de tiempo, contentos y felices, con la alegría del descanso merecido después de las fatigas de las semanas pasadas en el hogar y tan hastiados de festividades que se entusiasmaban con la idea de ponerse las pantuflas y poder relajarse en el seno de esa familia del internado más amplia, extraña y sin embargo más íntima, entre sus educadores y compañeros.

Kristóf no era el único que había encontrado un hogar en el internado. Ese hogar no ofrecía el calor de una familia, pero brindaba un ambiente tibio, de calefacción central, donde los niños nunca sentían el calor suficiente, pero tampoco pasaban frío. Muchos volvían de sus casas temblando y necesitaban semanas enteras para sentirse seguros de nuevo, para comprobar que pertenecían a algún lugar, a una pequeña comunidad donde el carácter y la capacidad determinaban el puesto en la jerarquía. Durante semanas, sentían gravitar sobre sus cabezas el ambiente familiar, la excitación del regreso, la inseguridad que se apoderaba de ellos en sus casas, el reflejo de sus miedos y sus envidias. La mayoría de aquellos niños provenían de familias rotas y sin afecto. Debía de existir otra clase de familias, puesto que entre los externos había niños equilibrados, serenos y felices, de los que emanaba una inocencia pueril. Se notaba en ellos el calor de una verdadera familia, el calor del hogar, lleno de suavidad y ternura, el ambiente acogedor de una comunidad íntima. A Kristóf lo atraían ese tipo de muchachos, pero nunca descubrió cuál era la diferencia entre su familia y una familia verdadera. Claro, en su casa faltaba la madre, pero entre sus compañeros internos había muchos que tenían a su padre y a su madre, que estaban en el internado por razones mundanas o educativas, y muchos de ellos parecían carecer de hogar tanto como él, y anhelaban ese ambiente cálido capaz de sustituir el calor familiar, y también buscaban la cercanía de los externos que desprendían un aire hogareño. Años más tarde, cuando Kristóf Kömives había formado ya su propia familia, se acordaba a

menudo de su infancia y pensaba en sus años de internado sin quejas, sin lamentos amargos. Sentía que, debido a una gracia particular, había podido mantener el equilibrio aun sin madre y sin protección familiar. Y ese equilibrio se lo debía al padre Norbert.

El padre Norbert le había dado algo que rara vez una familia, una madre o unos hermanos son capaces de dar: con los gestos imperceptibles del educador genial lo había colocado bajo el manto protector de una comunidad humana. El hombre pertenece a algún lugar, eso es todo. Kristóf Kömives se preguntaba a menudo si era capaz de dar a sus hijos ese sentimiento de protección, si había sabido construir un techo protector para ellos en el seno de la familia. No tenía especial aprecio por las teorías modernas de educación. Según avanzaba en la vida iba conociendo a los hombres, contemplaba sus destinos y observaba que los que conseguían mantener el equilibrio y resistir no eran los más mimados por la fortuna: la mayoría procedía de familias pobres, numerosas, sin medios. La falta de dinero, las envidias y las pasiones habían hecho estragos en ellos, pero no habían podido destruir sus almas. ¿Por qué? ¿De qué se alimentaban esas almas?

En esos años estaba de moda la educación basada en el psicoanálisis. Los hijos de las familias burguesas crecían bajo la vigilancia de los neurólogos, con apoyo psicológico constante. La nueva educación les negaba a los padres la posibilidad de amonestar a los hijos y de imponerles prohibiciones explícitas; tan sólo podían explicar, conceder permiso y aclarar conceptos. Kristóf Kömives pensaba que podía ser un padre bueno y concienzudo aunque no respetara esas normas modernas de educación. Opinaba que lo que importa es el conjunto, el ambiente familiar, el hecho de que la familia sea una familia verdadera, de que los padres y los hijos se comprendan y se sientan íntima y profunda-

45

mente unidos. Y si esa cohesión mantiene unida a la familia, entonces los padres pueden incluso permitirse alguna que otra disputa, pueden reñir a los hijos, la madre puede repartir cachetes, el padre puede mostrarse desganado, irritado o tacaño, y aun así la familia seguirá siendo una verdadera comunidad: nadie temblará de frío y los hijos no tendrán traumas o crisis psicológicas a consecuencia de una bofetada del padre. Los padres pueden mostrarse en su relación apasionadamente tiernos o apasionadamente violentos, pueden permitirse peleas y paseos románticos porque todo aquello seguirá formando parte de la vida familiar, como los nacimientos y los fallecimientos, como la colada y la comida especial de los domingos. Sólo importa el conjunto, y si el conjunto está bien, los hijos se sentirán protegidos aunque el padre se muestre severo. Estaba convencido de que ese ambiente familiar es lo que determina el sentimiento vital de los hijos. Naturalmente, esa sinceridad, esa unión, ese sentimiento de pertenecer a una comunidad, con todos sus aspectos buenos y malos, sólo es válido si es profundamente sincero y desinteresado. Claro que..., ¿quién se atreve a juzgar la intimidad de una familia?

En su casa reinaban el silencio y la paz, la ternura y la amabilidad; Kristóf Kömives intentaba ser totalmente sincero con los suyos, se relacionaba con su esposa y con sus hijos sin ningún tipo de máscara... Pero no es posible comprender ese sentimiento básico que determina el carácter de los hijos, ni es posible crearlo conforme a la voluntad propia. Aceptó, como si fuera un dato policial, que en su casa todo estaba en orden, que reinaba la paz y que todo ocurría como es debido.

El padre Norbert había recibido a Kristóf con cariño y lo había nutrido bien, con un alimento anímico, como la leche del ama de cría que reemplaza la leche materna. La terapia funcionó y Kristóf recuperó pronto su energía. El

cura tenía casi cincuenta años cuando el hijo del famoso juez llegó a sus manos; educaba a cada niño de manera personal y examinaba detenidamente sus circunstancias familiares, de modo que lo sabía todo sobre Kristóf: sabía que era huérfano de madre, y advirtió que este hecho le había causado una herida profunda, casi una mutilación. También conocía al padre, y después de unas conversaciones mantenidas con tacto y delicadeza, probablemente sabía más sobre las heridas de esa alma orgullosa de lo que el propio Gábor Kömives era capaz de confesarse a sí mismo.

A Kristóf lo trataba con un cariño imparcial; en su calidad de rector espiritual del internado, ponía especial atención y cuidado en no tratar nunca a ningún alumno mejor que a los demás. El padre Norbert no tenía favoritos. Naturalmente, lo rodeaba un grupo de fieles discípulos, pues dentro de una comunidad, sea grande o pequeña, semejante distinción no se puede evitar ni prohibir con la voluntad; por más atención y tacto que se pongan, los sentimientos superan las formas de la convivencia, el rebaño se compone de ovejas blancas y negras, y un buen día el pastor advierte con impotencia que las blancas están más cerca de su corazón.

El padre Norbert sentía un cariño especial por Kristóf. No pretendía interponerse entre el padre y el hijo, no quería «suplantar» a su familia; irradiaba su cariño, imposible de refrenar, de una manera púdica y humana. Sabía mostrarse como un compañero y, sin embargo, mantenía su autoridad. A los cincuenta años, en la época de las grandes crisis de los hombres, se puso enfermo, y entonces Kristóf se quedó solo de nuevo. No obstante, los tres años que había pasado junto al sacerdote bastaron para llenar su espíritu de contenidos secretos y fuerzas misteriosas. Kristóf se alimentó durante mucho tiempo de las energías acumuladas en esos tres años.

Nunca llegó a comprender del todo al padre Norbert; sin duda había algo en su alma que él no conocía, una fuerza, un conjunto de cualidades cuyo secreto nunca pudo descubrir, si es que había alguno. Cuanto mayor se hacía, menos entendía el secreto del padre Norbert: su sonrisa, su equilibrio y su alegría de vivir aunque no hubiese un motivo concreto...

No tenía pariente alguno. Respetaba los votos ascéticos de su orden; vivía en la pobreza, era más pobre que el más miserable de los pobres que Kristóf hubiera conocido en su vida, no tenía más pertenencias que sus sotanas y sus libros; no se mostraba en sociedad, no era ni un misionero combatiente ni un predicador polémico, vivía en un círculo cerrado, en silencio, sin reputación, sin buscar ningún tipo de notoriedad. Sin embargo, todos los que se acercaban a él notaban de inmediato que estaba muy vivo. No desfallecía con sus ejercicios espirituales ni con las normas que respetaba. Sabía sonreír y sonreía con gusto. No se preocupaba por su cuerpo frágil; lo atacaban periódicamente fiebres malignas, pero él no guardaba cama. A los cincuenta años, en la época de la gran crisis, comenzaron a torturarlo las dolencias cardiacas, pero siguió viviendo muchos años sin ver a un médico, sin emitir un lamento, sin que sus alumnos o los miembros de la orden supieran de su enfermedad. Vivía con mesura, no se entregaba a las pasiones del cuerpo, no fumaba, no bebía, dormía poco y trabajaba mucho, pero el trabajo no era para él un «programa», como lo es para los neuróticos asustados que se refugian con escrupulosa puntualidad en sus horarios predeterminados para huir del desorden de su sistema nervioso; el trabajo, ese conjunto de actividades, comportamientos, sentimientos y metas que daban sentido a los días de este gran educador —por lo menos Kristóf lo consideraba así—, se hacía casi solo, sin que él lo pretendiera. No era inflexible, no evitaba la vida ni la

anhelaba, no se mostraba eufórico ni se quejaba. Era un cura, un solitario, y su existencia se mantuvo equilibrada hasta el oscuro momento en que su organismo ejerció su derecho a protestar y le impuso a su alma pudorosa y humilde un nuevo orden, la enfermedad como forma de vida.

No soportó la enfermedad de manera heroica: la soportó de manera humana. A veces se quejaba, a veces se resignaba, como si la enfermedad le hubiera hecho comprender algo que no había podido ver en su vida anterior a pesar de su humildad y de su esfuerzo. Su religiosidad era directa y sencilla, tan natural como la alegría de vivir llena de frescura de las plantas o de los animales.

El padre Norbert no hacía penitencia, no se defendía de sus dudas si éstas lo tentaban, ni exigía a sus discípulos la exagerada actitud de los beatos. Probablemente sabía que ese estado de ánimo es involuntario, que se consigue por la gracia divina, que llena el alma de paz, que la ilumina sin que tenga que ser a la fuerza un rayo de luz brillante y crudo, a la manera de Saúl, sino simplemente un centellear suave y tenue. Con eso basta. Sabía que es preciso prepararse para ese momento, pero no de manera específica o solemne, pues las condiciones para la gracia se resumen en la disponibilidad y la humildad. «Basta con que no nos defendamos», le había dicho a Kristóf en una ocasión, y ese consejo humilde y pudoroso le había servido de respuesta al discípulo una y otra vez a lo largo de su vida, cuando le sobrevenía una crisis, ya fuera silenciosa o ruidosa.

Quizá se tratase de eso, de no defenderse... Hay algo evidente en el ser humano, tan evidente que parece un grito: basta con no desatender la llamada. Pero «no defenderse» es casi actuar, llevar a cabo algo para lo que nos sentimos perezosos o cobardes. Quizá sea eso lo más difícil: entregarnos a la voluntad del otro, motivados por las leyes eternas de nuestro fuero interno...

El padre Norbert sabía entregarse e intentaba transmitir a sus discípulos ese espíritu de entrega, esa noble actitud anímica. Kristóf siguió oyendo su voz durante muchos años. Un día la voz se apagó y en su lugar se instaló una especie de sordera, una sordera agradable. Por largo tiempo vivió así, trabajó así; se movía por su casa y por el despacho, juzgaba y sentenciaba, y entre tanto sabía que se estaba defendiendo, que aquella voz, desde algún lugar en medio de la sordera apagada, le ordenaba algo diferente... Vivía en un estado parecido a las primeras luces del alba, a ese momento de somnolencia en que ya podemos oír los sonidos del mundo pero no los distinguimos todavía con claridad; el sueño nos mantiene abrazados entre sus sombras sospechosas, pero tenemos que despertar y asumir las consecuencias de la vigilia.

En ocasiones, esos estados de somnolencia nos atrapan durante años. Kristóf Kömives lo sabía y no se rebelaba contra ellos. Entregaba al mundo sin resistencia y sin reservas todo lo que éste le podía exigir. Es preciso vivir según la otra ley, la ley del mundo, basarse en ella para juzgar y defender sus criterios. No obstante, sin ser consciente del todo, de manera imprecisa, sentía que la obediencia al mundo no era suficiente. Pero ¿quién puede dar más? Al mundo le basta con eso.

El padre Norbert sabía muchas más cosas, y su recuerdo se mantenía vivo en Kristóf no en forma de imagen, sino más bien de texto escrito, originario y esencial, de palabras que se le presentaban borrosas, como se recuerdan las frases de alguien al cabo de los años. (Otras veces pensaba, no con palabras sino con sentimientos: ¡Él también está muerto! Era como si la muerte prematura del sacerdote le hubiese revelado algo, un vergonzoso estado de debilidad, un fracaso, una falta de voluntad. Pensaba en la muerte del padre Norbert con un sentimiento de frustración, casi con rabia,

pero nunca se detuvo a examinar a fondo ese sentimiento.) Cuando tenía ante sí a un acusado que trataba de defenderse alegando «circunstancias», deseos, pasiones, conquistas, tentaciones del dinero, de la sangre, de la carne, frente a sus ojos de juez aparecía la delgada figura del sacerdote, sonriendo, «sin defenderse», y pensaba: el padre Norbert cree en algo y no posee nada, no tiene deseos irrefrenables y, aun careciendo de pertenencias especiales, es capaz de sonreír... Entonces su mirada se endurecía, se concentraba con severidad en la letra de la ley y buscaba en ella hasta encontrar los párrafos relacionados con el caso que tuviera entre manos. El recuerdo del padre Norbert era para él un hilo conductor, el modelo de la ley humana, la posibilidad no escrita del bien o del mal que en una ocasión se había manifestado en un ser humano.

Cada año, el juez se retiraba tres días a un monasterio, junto con algunos compañeros de profesión, para participar en los ejercicios espirituales que precedían a la Semana Santa. Tenía fama de ser una persona muy creyente que respetaba los imperativos morales también en su vida privada, y a menudo le daba la sensación de que en efecto lo era, de que su vida privada se aproximaba al ideal que la gente se hace de los jueces: vivía en una pobreza modesta y sin ostentaciones, jamás desatendía sus obligaciones familiares y laborales, evitaba los laberintos de la política cotidiana, sólo se relacionaba con gente de su condición, y su vida podía ser examinada por cualquier autoridad en cualquier instante... Se consideraba un miembro útil y honrado de la sociedad. Al mismo tiempo, ese pensamiento le resultaba una presunción: del padre Norbert no se puede saber si se consideraba un miembro útil y honrado de la sociedad. A veces, en momentos de cansancio o de zozobra, como los que había experimentado a raíz de sus crisis nerviosas —de nerviosismo físico, sólo eso—, se preguntaba lo que el sacerdote pensaría de su vida. ¿Acaso vivía en estado de gracia? Sí, vivía una vida digna de un hombre cristiano, una vida útil, laboriosa, respetable. Pero el padre Norbert ya no estaba. Así que nadie le exigía que viviera de otra forma, que creyera o que dudara de otra forma... En el trabajo lo apreciaban y le auguraban un brillante futuro.

5

A todos les parecía natural que Kristóf Kömives hubiese escogido la carrera de juez. El hijo mayor de Gábor Kömives no podría haberse dedicado a otra cosa, y él mismo sintió que se quedaba en el seno de su familia cuando modestamente se presentó ante sus colegas, los miembros de una familia más amplia pero no menos íntima que la suya. Lo recibieron con confianza y no le buscaron un lugar aparte; tan sólo asistieron a su llegada y a la toma de posesión del lugar que le pertenecía. Por tradición, casi por derecho hereditario, a un Kömives le correspondía un sitio entre los jueces del país. Su nombre y su origen lo obligaban a respetar estrictamente las normas de su profesión, y quizá por eso ascendía en el escalafón con menos rapidez que sus colegas de la misma edad, puesto que tanto él como sus superiores cuidaban de que no se beneficiara de ningún favoritismo.

Kristóf Kömives pertenecía a esa gran familia, y, como los miembros de las familias reales, que se detienen en rangos inferiores del ejército durante más tiempo que los demás oficiales —por decencia y por modestia—, él avanzaba a paso de tortuga, ascendía peldaño a peldaño aunque formara parte de la vanguardia de los jueces desde el momento de su incorporación. Nadie dudaba que así llegaría igualmente a lo más alto, y que a los sesenta años, o tal vez antes, estaría entre los jueces más importantes del país. Él tampoco lo dudaba. Desde el mismo instante en que ocupó su puesto en el juzgado por primera vez, habría podido trazar las etapas de su carrera, y para cumplir con ello sólo tenía que permanecer fiel a su cargo, con entereza, con honradez, no importaba que no destacara en nada, además de no cometer ningún fallo, cumplir las leyes y hacerlas cumplir, y por supuesto respetar las normas de la casa. La primera vez que entró en la sala como juez, tuvo la sensación de haber llegado al hogar, de estar entre los miembros de su familia. La mayoría de los jueces de edad avanzada lo recibieron como si fuera un hijo, y aunque cometiera ciertos fallos involuntarios contra el reglamento de la profesión, no lo juzgaban con más severidad que con la que se juzga a un pariente equivocado.

En ese mundo íntimo todo se le hacía conocido: los tonos de voz, los comportamientos, la disciplina, las relaciones con los funcionarios; le resultaban familiares las leyes, la disposición y la atmósfera de las salas, el olor agrio a papel y a sudor. Todo lo reconocía como reconoce el médico el olor a éter del quirófano, o el sacristán, el aroma a incienso de la sacristía. Ése era su mundo. En cierto modo, la casa de su padre parecía una de esas salas: el olor a tinta, los documentos amontonados en el escritorio, los nobles tomos de códigos, encuadernados en piel, en los estantes. Y además lo recibían personas con rostros conocidos, jueces con bigote y barba, con caras familiares, con entonaciones que había oído en incontables ocasiones. Sólo tenía que sumergirse en ese ambiente, en su elemento primordial, en su mundo, pues la maquinaria de la justicia le resultaba cercana desde la infancia, con todos sus resortes secretos, sus muelles y palancas invisibles; era como si no tuviera que realizar ningún esfuerzo para aprender nada, como si de niño hubiera jugado a los jueces en su habitación y ahora sólo tuviera que hacer memoria...

Los mecanismos aprendidos por su padre y por sus antepasados se ponían en funcionamiento en sus nervios, en su mente, quizá hasta en sus sueños. La maquinaria de la administración de justicia, esa maquinaria compleja y grandiosa, era seguramente imperfecta, chirriaba, tenía herrumbre y polvo en cada rincón, pero no se conocía nada mejor, no había nadie capaz de inventar algo más perfecto, así que había que resignarse y aceptarla. De todas formas, eran los jueces los que la hacían funcionar con su ánimo y con su fuerza.

Kömives intuía que justicia y «hechos» son cosas diferentes. El mundo confuso y ambiguo de «los hechos» se transformaba en la sala, y en la mayoría de los casos el juez sólo podía conocer la verdad apoyándose en su intuición, pues los que entraban en la sala llevaban espejos que deformaban su imagen: los enanos querían hacerse pasar por gigantes; los gordos, por delgados, y los flacos, por robustos. La verdad es, ante todo, saber situarse en la medida justa. Nadie le había enseñado esta ley, pero él la sentía con todo su ser a través de la experiencia de su padre y sus antepasados, y mediante el raciocinio, que advierte del peligro.

Desde el instante en que ocupó su puesto en el sillón reservado para él fue considerado un juez serio. No era severo ni campechano, sino más bien solemne; se refugiaba en ese comportamiento. Formulaba sus preguntas y sus veredictos mediante frases cortas e inequívocas, era siempre formal y distante. Ni la estupidez, ni la mala voluntad, ni la mentira conseguían alterar su actitud, y si lo hubiesen interrogado habría reconocido que cada día entraba en la sala con el mismo pánico del primer juicio... El miedo, el fervor, la solemnidad no disminuían con la práctica. Admiraba el carácter campechano, apasionado y severo de los jueces de edad avanzada, y le habría gustado imitarlos. Eran los representantes de la vieja escuela. Entre ellos no faltaba algún Júpiter tonante. Estaban directamente relacionados con la vida que juzgaban, incluso había algunos que desataban su furia al descubrir una gran mentira o una canallada y empezaban a discutir con el acusado o con los testigos como si hubieran sufrido una ofensa personal. Él, en cambio, procuraba que esos arrebatos no influyeran en el solemne momento de administrar justicia. «La escuela Kömives», sentenciaban con benevolencia los jueces veteranos al observar las primeras actuaciones del joven Kristóf; lo miraban entre sonrisas, le daban unas palmaditas en el hombro y meneaban la cabeza. Esos jueces habían visto trabajar a su padre y a su abuelo. Los gestos, el tono, la «escuela» recobraban vida misteriosamente en el joven juez: actuaba de la misma manera que lo habían hecho sus antepasados. Kristóf se sentía incómodo con esas observaciones, expresadas en la cafetería de la Audiencia o en las tertulias de compañeros. Pero a veces se preguntaba cuál de las dos escuelas era la más humana. Esos viejos jueces, que después de tantos años de práctica y de experiencia seguían siendo capaces de participar personalmente en las eternas causas de los hombres, que interrumpían las palabras de los acusados y de los testigos, que protestaban y se indignaban, que permanecían vivos y fieles a sí mismos, tal vez estaban más cerca del espíritu del Derecho y más cerca del contenido de la verdad que él, que desde el primer instante hasta el último permanecía inflexible y formalista...

¿En qué se resume la verdad en la práctica, ante el juez? De un lado está el mundo, con sus juicios, sus asesinos, sus acusados dispuestos a jurarlo todo, sus odios y sus miserias; de otro lado se encuentra la ley, con su maquinaria, sus rituales preestablecidos, sus normas, su orden y sus maneras —el tono que emplean los agraviados y el que usan los agresores—; y por último está el juez, que de toda esa materia muerta, viva y cruda debe destilar algo, algo que según la fórmula química de las leyes corresponda a la verdad... Pero la verdad, más allá de la ley, siempre contiene elementos personales, y los jueces decanos que interrumpían los testimonios, que dirigían los juicios como si estuvieran discutiendo algún asunto personal, que distribuían consejos y mandaban callar a acusados o a testigos, que los amonestaban o los consolaban, habían logrado salvaguardar su personalidad dentro del espíritu de la ley, dentro de la maquinaria de la justicia, entre sus ruedas y poleas, y mostraban un comportamiento digno del patriarca que hace justicia. Quizá estuviesen ellos más cerca de la auténtica imagen que la gente tiene de los jueces... Está la ley y está la verdad, pero tal vez sólo puedan administrar justicia aquellos que son capaces de indignarse con los pleitos de la humanidad.

Kristóf había ejercido durante cuatro años como magistrado ponente en un consejo disciplinario, y luego, por casualidad, lo habían designado para el puesto de juez de familia. Al principio se sintió aliviado por el cambio. Tenía que anular matrimonios, no estaba obligado a sentenciar a nadie. Pensaba que era todavía muy joven para examinar el aterrador contenido de los procesos y los juicios que el mundo le presentaba. ¿Qué podía saber él sobre la vida humana? ¿Qué puede saber un juez tan joven?

En aquel tiempo, todo lo que intuía se quedaba a medias; cada día, cada hora, cada intervención, cada testimonio, cada confesión mostraba un diagnóstico diferente, una enfermedad nueva y desconocida, una herida misteriosa. Ante él llegaban niños de setenta años que le exigían irritados un castigo para sus compañeros de juegos, y viejos precoces que reclamaban una indemnización por los agravios.

Sus primeros años de ejercicio coincidieron con la época en que la sociedad aún no se había restablecido del todo de la enfermedad de la revolución, y él se preguntaba a menudo si llegaría la calma después de una tempestad tal que había destruido todas las ideas, todos los ideales, todas las convenciones. ¿Sería posible asimilar aquellos cambios? ¿Se podría retroceder en el tiempo? ¿Impedirían las medidas policiales algo que no parecía deberse a la voluntad de los seres humanos, sino que sencillamente ocurría? Ese «algo» no era simplemente una parte de la vida pública o la voluntad destructora de algunos hombres insatisfechos...

En aquellos años, la vida buscaba formas nuevas; de eso se trataba, y había que intentar comprender desde ese punto de vista las acciones desesperadas de los seres humanos. Todo estaba cambiando: modas, máquinas, ideas, ideales, convenciones… Todo había perdido su razón de ser, había envejecido, todo había quedado arrinconado, pasado de moda. Sin embargo, la tarea más importante del juez no era comprender, sino más bien confirmar. La sociedad sólo le exigía eso, ni más ni menos. Después del cataclismo se intentaba mantener en pie los edificios, aunque estuvieran resquebrajados; se pintaban las fachadas y todo el mundo volvía a colocarse en su sitio, ante su escritorio; poco a poco, las tiendas volvían a abrir, los trenes empezaban a circular de nuevo, la gente procuraba embellecer el marco de su vida. El juez no tenía derecho a preguntar: ¿qué quieren? ¿En qué creen? ¿Qué esperan? Únicamente podía comprobar que la sociedad se apegaba a las antiguas convenciones.

No obstante, la materia ardiente de las formas dinamitadas todavía no se había enfriado, parecía que el antiguo clima, tibio y templado, ya no quería extenderse sobre los paisajes de la civilización y la cultura… Desde las almas humanas fluía la lava, se desprendía el humo y la suciedad: los seres humanos habían despertado del mortal terror y se lanzaban con un hambre insaciable a conseguir dinero. Desde hacía algunos años, el dinero lo era todo: todos corrían detrás de unos billetes desgastados y arrugados; el dinero reinaba por encima de los asuntos públicos, de las familias, de los sentimientos, de los pensamientos. Su reinado no era como el precedente, ya no constituía una meta ni una medida del valor personal, sino un simple narcótico, y los seres humanos eran como los adictos a la morfina, que no se sacian jamás aunque la dosis sea cada vez más elevada. Los hombres se mentían, se estafaban, se corrompían, se sacaban los ojos, se asesinaban; sus mentes se llenaban de fantasías, la antigua maquinaria se resquebrajaba por todos lados y el opio se vendía en cada esquina, así que el juez pensaba: «¡Vamos, ponte en tu sitio y júzgalos, juzga a las personas, los casos concretos, ponte y júzgalos!» Quizá si hubiese un juez a la antigua usanza, un juez que al mismo tiempo fuera sacerdote y adivino, y que reivindicara su derecho a exigir, a la manera de Savonarola... Pero no lo había. Él no podía hacer nada; examinaba los autos, citaba a las partes implicadas y confirmaba lo que podía ser confirmado.

Desde ese torbellino, Kömives había alcanzado la isla de los divorcios, y al principio había pensado que aquel paraje era más tranquilo, más claro, quizá más triste pero también más humano. Sólo se trataba de que había un hombre y una mujer que no podían vivir juntos. Los divorcios son errores tristes y a veces nefastos que conducen a los últimos compases de una tragedia humana que empezó por la eterna escena del balcón y termina ante el juez. Su trabajo no pasaba de comprobar que dos personas ya no se soportaban.

Casi todos llegaban hasta el juez con el mismo pretexto: solía haber uno que asumía la culpa, pero el juez sabía que los dos eran culpables por igual o que quizá no lo era ninguno de los dos y el verdadero culpable era alguien o algo que escapaba a su control. Y, mientras pronunciaba la sentencia de divorcio, tenía la sensación de que la voluntad humana se entrometía en una disposición divina.

Kristóf Kömives creía en la santidad del matrimonio. Esta convicción era una de las leyes íntimas de su vida: el matrimonio es un sacramento, una gracia divina, la expresión de la voluntad de Dios, y los seres humanos sólo tienen que aceptarlo, como todo lo que viene de Él, sin entrometerse. Para él la institución del matrimonio no era ni perfecta ni imperfecta, era una forma moral que confería un marco divino a la convivencia de dos seres de distinto sexo, a la coexistencia de la familia. ¿Qué más puede desear el ser humano? ¿Un matrimonio aún más perfecto? Todo lo que los hombres tocan se vuelve monstruoso e imperfecto. No respetan ni los diez mandamientos, roban, mienten, fornican, desean los bienes y la mujer de su prójimo, pero sólo un demente pediría la reforma o la actualización de los diez mandamientos. La ley divina es perfecta, y el hombre que no puede tolerarla es imperfecto y débil; por lo menos él lo creía así, y esa creencia surgía de las profundidades de su alma, se originaba en unas fuentes más misteriosas que cualquier razonamiento de la mente. ¿Acaso la gente aguanta mal el peso de la familia y del matrimonio? Sí, todos los indicios así lo sugerían. Y eran tan terribles los indicios de que el edificio de la familia se resquebrajaba, de que la gente huía de los hogares destartalados y fríos... Por todas partes surgían nuevos profetas, agoreros de horribles modas que anunciaban los tiempos del «matrimonio experimental», del «matrimonio a prueba» y la «crisis del matrimonio». Él odiaba a esos falsos profetas y a sus fieles, a los casados neuróticos o cobardes, irresponsables y lascivos, que un día se presentaban ante él porque no soportaban más las obligaciones ni las cargas de la vida conyugal. ¿Qué es eso de la crisis matrimonial?, se preguntaba con ironía. Era como si alguien afirmara que la verdad matemática estaba en crisis y dos más dos ya no eran cuatro, o bien que el propio Dios estaba en crisis y sus leyes ya no eran válidas, y la gracia que Él otorgaba a los humanos debía esperar el visto bueno de una autoridad terrenal para poder entrar en vigor...

Tras unos años de práctica en el campo del divorcio llegó a pensar que, de todas las tareas judiciales, su especialidad era la más difícil, pues tenía que desatar con manos humanas e inexpertas lo que Dios había atado antes y que, por lo tanto, sólo Él podía desatar.

Maridos y mujeres pasaban ante Kristóf en una fila india demencial, mentían y juraban que decían la verdad, no se miraban a los ojos ni dirigían el rostro hacia el juez, se inventaban virtudes y vicios, asumían las mayores vilezas, se cubrían de vergüenza porque no querían sino huir, huir de aquella esclavitud, de aquella miseria insoportable. Se presentaban ante el juez como paralizados, y él desataba y separaba conforme a las disposiciones legales, pero también bajaba la cabeza al dictar sentencia porque sabía que sus palabras sólo transmitían disposiciones humanas y era consciente de que todo lo que decía estaba en contra de las leyes divinas. En aquel tiempo, los jueces de familia tenían mucho trabajo. Mujeres y hombres fracasados desfilaban ante el juez con todas sus miserias, y todos tenían prisa en ser liberados del «yugo». La sala parecía una clínica abarrotada, la clínica de un neurólogo donde los pacientes, no del todo en sus cabales, le rogaban que los liberara de obsesiones cada vez más intolerables.

Sin embargo, Kristóf Kömives pensaba que no es posible la liberación. Al cabo de unos años tenía la sensación de haber visto ya todos los casos posibles de miseria humana. Con sólo unos autos de divorcio se puede apreciar la descomposición de la familia, igual que es posible descubrir una enfermedad con unas gotas de sangre. A veces pensaba que de eso se trataba, de las muestras de todas las crisis, de todas las formas de nerviosismo, de todos los actos malvados, aunque sólo fueran los autos del divorcio de un hombre y una mujer que informaban de que ya no deseaban vivir juntos según la ley de Dios...

Él observaba la célula bajo su microscopio, el individuo, la célula de la comunidad humana, la familia. La célula, la familia, sufría una enfermedad contagiosa y aguda. En el Parlamento, en la vida pública, en los púlpitos de las iglesias se predicaba sobre «la crisis de la familia»; la gente seria y respetable exigía que se intentara «dificultar» los divorcios. Kömives reflexionaba sobre tales propuestas, las estudiaba como hace el médico con el material que analiza en el laboratorio; y a veces dudaba de si se podía seguir curando todavía, de si había alguna otra esperanza u otra cura que no fuera la que Dios envía a los hombres.

6

Kristóf Kömives llevaba nueve años casado. Su mujer era hija de un general austriaco, el famoso general Károly Weismeyer, que, al principio de la guerra —después de una batalla especialmente sangrienta en Polonia—, había sido condecorado con la orden de María Teresa. Su hija se había educado en Hungría desde los diez años. La madre, de origen sajón, había nacido en el norte de Hungría, y ella hablaba húngaro a la perfección aunque con un ligero acento extranjero.

Hertha Weismeyer era bella, y su belleza se había vuelto más armoniosa con los años. Su rostro alargado, de finos huesos, y su amplia frente mostraban una concordancia pura y sosegada. No era una belleza vanidosa, tan sólo consciente; no era provocadora, menos aún seductora, y sin embargo no había hombre capaz de resistirse a ella. Todos la observaban con seriedad, con una honda emoción apenas contenida. La gente se detenía a mirarla por la calle; tal atención no podía molestar a Hertha porque nadie se atrevía a acercarse a ella, nunca sufrió ningún incidente. Era forzoso apreciar su belleza, como se debe apreciar una hermosa melodía que brota de una ventana abierta y se derrama por la calle; y los que pasan frente a ella, si son mínimamente sensibles, no pueden evitar detenerse y llevarse luego el recuerdo.

En su rostro había equilibrio, calma, modestia y orgullo, un orgullo femenino. Su figura seguía siendo perfecta después del segundo parto, aunque no practicara ningún deporte, pues nunca le habían interesado las formas modernas de la gimnasia. Era alta y delgada, pero su delgadez no era atlética, no respondía a los cánones modernos de belleza deportiva. Al andar y al desenvolverse transmitía el mismo equilibrio peculiar que se reflejaba en su mirada, en su sonrisa; ese equilibrio determinaba la tonalidad de su belleza, como la clave del comienzo de la partitura, que da el tono a las notas musicales que la siguen. La miraban asombrados, como si se preguntaran: ¿de verdad hay mujeres así? Luego seguían su camino en silencio, maravillados, como si hubiera algo que no comprendieran del todo.

Kristóf Kömives tenía veintiocho años cuando conoció a su esposa. La había visto por primera vez un día a las seis de la tarde, en la localidad austriaca de Zell am See, a orillas del lago. Hertha estaba discutiendo con uno de los barqueros. Kristóf no conocía a ninguno de los dos, pero se quedó escuchando el diálogo con discreción y cortesía. La joven, levemente azorada, se volvió hacia él con un billete en la mano. El barquero no tenía dinero suficiente para cambiárselo. Cuando ella lo miró, él apartó la vista confuso y sonrojado; sentía que la sangre le subía hasta la cara, pero enseguida se quitó el sombrero y se inclinó en una reverencia. Se estuvieron mirando así durante unos segundos, ella con su billete y él con su sombrero, en actitud respetuosa. Estaba lloviznando, como es habitual en las horas crepusculares de esa época del año; la joven llevaba un impermeable transparente, tenía la cabeza al descubierto y su cabello castaño se estaba mojando. En aquel instante, Kristóf se sintió profundamente avergonzado.

Más tarde recordarían aquellos momentos entre bromas, como suelen recordar su primer encuentro los matrimonios, pues la primera vez no puede ser tan trivial como para que los interesados no la vean como un pequeño acontecimiento de alcance mundial: «¿Te acuerdas? Tú estabas a orillas del lago; yo pasaba por allí y, de repente, me detuve...» Y a continuación se maravillan del «azar tan peculiar» que los ha unido, y al mismo tiempo de lo terriblemente sencillo que ha sido todo... Años después, Kristóf le había confesado que en el instante del encuentro había sentido mucha vergüenza, que había tenido unas ganas de huir irresistibles. «¡Esa confesión no es muy cortés que digamos!», le había dicho Hertha, sorprendida y entre risas. Kristóf admitía para sus adentros que su reacción y sus sentimientos no daban fe de muy buena educación, pero a ella le explicó que uno reacciona así solamente ante su destino, ante el amor de su vida, del que es imposible huir.

Aquella tarde, Hertha llevaba un impermeable transparente de color burdeos, y eso lo perturbaba aún más. El deseo inequívoco de salir corriendo, ese fuerte impulso, la voz interior que le gritaba que huyera aunque se pusiera en ridículo, que no hiciera caso de la sorpresa enojada de la joven, que echara a correr como si lo hubieran atacado en medio del bosque, a orillas del lago (más tarde soñaría a menudo con el encuentro y, para su sorpresa, en el sueño se repetía la obsesión por el «ataque a orillas del lago», como si hubiese leído el titular en la prensa y el artículo se refiriese a ellos), toda esa sensación de pánico había quedado ligada para siempre al recuerdo de su encuentro. Y, como es lógico, provocaba la risa de ambos.

Kristóf nunca se había sentido especialmente seguro de sí mismo en compañía de mujeres. Se había educado entre hombres y se mostraba indeciso con las mujeres porque no sabía casi nada de ellas. Las experiencias vulgares de sus compañeros, sus sospechosas «hazañas», las aventuras triviales que solían contar no podían darle una imagen cabal de las mujeres; escuchaba todas esas historias a su modo, paciente y atento, pero no sentía el menor deseo de convertirse en el héroe de tales aventuras. Era pudoroso y, cuando más tarde conoció la vida sexual como por accidente, casi por cortesía, permaneció pudoroso en su fuero interno. Siendo ya adulto, incluso después de acabar los estudios universitarios, seguía sintiéndose confuso en presencia de mujeres, y a veces hasta se sonrojaba por unas palabras inocentes. Evitaba cualquier alusión a las diferencias entre sexos o a las relaciones sexuales; tampoco contemporizaba con los jóvenes que hacían alarde de sus aventuras según la nueva costumbre de «llamar las cosas por su nombre» ni participaba en ese tipo de conversaciones masculinas. No le importaba que lo criticaran por ello, que se rieran de él o que sospecharan de su pudor; simplemente sonreía condescendiente, como alguien que sabe que todo eso no puede ser de otra forma, que el mundo es así y que así hablan los hombres de las mujeres, pero que, aun sintiéndolo mucho, él no quería ser partícipe y no aceptaba ese comportamiento... Su sonrisa dejaba desarmados a los que se reían de él. Cuando había mujeres presentes, se volvía tímido y callado. Ellas percibían sus modales llenos de respeto y de pudor, y Kristóf sentía que, en lugar de buscar su compañía, lo evitaban.

Hertha también lo había mirado con impaciencia allí, a orillas del lago. ¿Por qué no decía nada de lo que indican las costumbres y las normas sociales? Él callaba porque tenía miedo, pero ¿qué había en el fondo de ese miedo? Era incapaz de saberlo; sólo sabía que algo iba mal, que no estaba bien sentir tanto temor. Así que se inclinó, balbuceó unas palabras y regresó con paso rápido al hotel. La joven lo siguió con la mirada. Estaba acostumbrada a que los hombres miraran su belleza perplejos, y esa huida la había molestado. Más tarde, cuando se conocieron de verdad, le confesó que aquella tarde le habían entrado ganas de correr tras él. Los dos sintieron, en aquellos primeros instantes, que el desconcierto tenía algún significado. ¿Sería el amor? Kristóf subió a su habitación y se encerró hasta la hora de la cena. El desconcierto y la vergüenza tardaban en disiparse; se quedó sentado a oscuras con un profundo sentimiento de culpa, enfadado consigo mismo como si se hubiese comportado de forma ridícula y maleducada sin razón aparente. Tiempo después recordaría que aquella noche, tras el encuentro, se había planteado incluso la idea de hacer las maletas y marcharse. Todo aquello era pueril y torpe. Lo que de verdad importa en la vida probablemente no dependa de las palabras, ni tan siquiera de los actos. Él, de alguna manera, lo sentía así. Era tímido, sí, pero nunca en su vida se había portado mal. ¿Qué le había ocurrido? Que una joven le hubiera dirigido la palabra no era razón suficiente para irse de allí.

Por la noche ya estaba calmado, o por lo menos «lo había olvidado todo»; le sorprendía no haber reparado antes en aquella joven de belleza extraordinaria y se vistió de gala para la cena. En el restaurante se percató inmediatamente de su presencia: estaba sentada entre dos señoras mayores cerca de la entrada, justo enfrente de su mesa. Después de la cena se acercó a ella, se presentó y pidió excusas por su comportamiento de la tarde. Hertha sonreía. Bajaron al jardín y pasearon a orillas del lago durante horas. Más adelante, ninguno de los dos se acordaría de lo que habían hablado aquella noche junto al lago. Kristóf tenía la sensación de que por primera vez estaba hablando con un ser humano sin meditar las frases, de una manera tan directa como sólo un niño es capaz de hablar con su niñera, entregándose totalmente, sin reserva alguna. No buscaba las palabras, hablaba sin reflexionar; dentro de él todo estaba preparado para ser contado y tan sólo había que contárselo a alguien. Hertha le respondía con frases cortas, unas veces asentía con la cabeza y otras lanzaba un gritito, como alguien que descubre que está pensando lo mismo que el otro aunque nunca haya puesto sus pensamientos en palabras. Se interesaba por los detalles, como una auténtica compañera íntima; y otras veces se comunicaban por gestos, como dos personas que se conocen desde hace mucho tiempo, como marido y mujer. Esa intimidad y esa familiaridad resultaban tan aterradoras como un fenómeno inesperado de la naturaleza. Por momentos no sabían qué decirse, se quedaban sin palabras y bajaban la mirada. Algo les estaba ocurriendo. A ratos Kristóf cogía a Hertha por el brazo de una manera sencilla y natural, sin ninguna intención amorosa, como cuando se coge del brazo a una pariente apreciada que no se ha visto hace mucho.

Así estuvieron paseando por la orilla hasta que regresaron al hotel pasada la medianoche. Sobre sus sentimientos no se habían dicho ni una sola palabra. Kristóf contaba cosas de su infancia, de su profesión. Hertha sonreía y repetía admirada, meneando la cabeza: ¡un juez! A la vuelta de un recodo del camino los iluminó una farola; ella alargaba las palabras como si cantase. Hablaron de Buda, de la diferencia de vivir en Buda o en Pest, de cuándo regresaría Kristóf a casa. ¿Dónde pasaría ella el otoño?... Cuando subió a su habitación, Kristóf se acostó y se durmió enseguida. Se durmió con el sentimiento de haber corregido un error; se daría cuenta de ello más tarde, al recordar aquel mareo, aquel alivio. Se había quedado dormido con la sensación de haberlo contado. Pero ¿haber contado qué? Durmió hasta muy tarde.

Tres días después pidió la mano de Hertha. Mandaron un telegrama a Viena, a casa del general, y Károly Weismeyer llegó inmediatamente vestido de civil, desganado y enfadado. Se enojaba con facilidad. Lo ofendían los tiempos que corrían, como a casi todos los miembros de su generación, pero mientras que el padre de Kristóf había muerto a consecuencia de esa ofensa, el general la soportaba con unas visibles ganas de vivir, con terquedad y gallardía. Era uno de esos hombres que no se callan nada; se había afiliado a un partido político de extrema derecha, criticaba sin reparos el espíritu de la república, sus instituciones y sus funcionarios, pero la atmósfera de dictadura y terror que lo rodeaba sólo inspiraba pánico a camareros, carteros y revisores de tren. Kristóf conocía bien a ese tipo de personas; lo miraba a los ojos con calma, sabiendo que él era el más fuerte. El comportamiento agradable y equilibrado del joven juez húngaro, sus modales exquisitos y su carácter humilde pero seguro sacaron a Weismeyer de sus casillas los primeros días. Hablaba de los húngaros de un modo levemente desdeñoso, afirmando que son «buenos soldados», pero que en la vida civil se muestran altivos y poco prácticos. Solía contar chistes, no siempre correctos, de una manera que no admitía réplica. Kristóf lo escuchaba por cortesía, sin demostrar sus deseos de protesta.

El general no podía alegar nada en contra de su persona o de sus orígenes. Kristóf le pidió la mano de Hertha y el general le respondió con desagrado, visiblemente irritado, como si sintiera vergüenza a causa de algo, quizá de su impotencia de padre, como si en esos momentos se hubiese visto obligado a revelar la correlación de fuerzas familiares a un desconocido. Hertha era más fuerte que su padre; lo trataba con calma y educación, con la superioridad del más fuerte, casi con paciencia.

La esposa del general llevaba años ocupándose únicamente de sus agudas y continuas jaquecas, y sólo participaba en la vida familiar cuando, entre dos ataques, se atrevía a salir durante unas horas de su habitación siempre oscura.

Al principio, la madre se esforzó desesperadamente por conseguir la simpatía de Kristóf, con un entusiasmo exagerado. Esa actitud inconsciente de súplica casi amorosa se transformó justo después de la boda en la postura celosa propia de las suegras.

«Mi madre está enamorada —le decía Hertha entre sonrisas—, y las conquistas son peligrosas a su edad, porque a esa edad la gente ya no soporta fracasar en sus deseos. Por favor, Kristóf, hazle la corte.»

Al principio, ese tipo de observaciones lo molestaban, lo dejaban atónito. Hertha podía hablar de estados de ánimo muy complicados con absoluta tranquilidad, entre sonrisas, llamándolo todo por su nombre sin caer nunca en la vulgaridad, con palabras delicadas pero exactas; siempre decía lo que pensaba, aunque la mayoría de las personas no se atrevieran a hablar así, respetando con ello una regla implícita pero generalizada. Una hija no puede afirmar que su madre está «enamorada» del yerno. Eso no se puede decir ni en broma, porque la palabra suena vulgar y descarada. Pero a Hertha no le daban miedo las palabras. Kristóf tuvo que aceptar sorprendido que Hertha era inteligente, y que lo era de una forma distinta a la convencional, más directa y voluntariosa. No es que hubiera pensado nunca que Hertha fuera estúpida o estrecha de mente, pero esa rara inteligencia lo dejaba perplejo, como si hubiese descubierto en ella un rasgo físico oculto hasta entonces, como si de repente hubiese advertido que tenía los ojos de dos colores distintos o que escondía canas bajo su cabellera castaña.

Esa inteligencia lo inquietaba. Hertha se había comportado con él desde el primer momento como si fuera la mayor, como si supiera algo y sólo con tacto y esfuerzo educativo pudiera transmitir su saber al compañero elegido. Escuchaba las teorías morales, sociales y políticas de Kristóf con seriedad y benevolencia. A veces asentía con la cabeza, como alguien que se hace a la idea de que un hombre no puede cambiar y piensa: no lo puede remediar, me tendré que conformar; sus ideas son más fuertes que yo. Y seguía sonriendo con paciencia. Kristóf refunfuñaba, protestaba por las sonrisas, pero al mismo tiempo sabía que Hertha lo aceptaba, pues sus sonrisas significaban consentimiento y no soberbia, tan sólo reflejaban la superioridad de una persona más madura y más sabia. Y a él no le quedaba más remedio que soportar tal superioridad. Sí, a Hertha había que «soportarla» desde el primer momento, no como una «dulce carga», ni siquiera como a alguien que nos hace la vida difícil con su carácter, sus opiniones y sus ideas; Hertha era una persona a quien él conocía íntimamente, alguien de la familia, la mujer con quien él, Kristóf Kömives, tenía una relación personal. A veces pensaba que se habría sentido unido a ella aun cuando hubiesen vivido en dos países distintos, aunque no se hubiesen encontrado nunca, y se imaginaba que de ser así la habría estado buscando eternamente, a ella, a Hertha. Se consolaba con este tipo de fantasías románticas. A la vez, reconocía que sí había encontrado a Hertha pero que necesitaba consolarse, y admitía que estaba dispuesto a «soportarla» toda la vida, hasta que la muerte los separase. Entre pensamientos de este estilo se desarrolló el noviazgo.

Después de la rapidez con que los novios se comprometieron habría sido natural que celebraran la boda en poco tiempo. Sin embargo, ya habían pasado más de seis meses cuando se casaron en una iglesia de Buda. Durante ese periodo, Hertha vivió en Viena, en casa de sus padres, y él iba a verla el primer y el tercer domingo de cada mes con el barco de los fines de semana. Kristóf era muy disciplinado en la distribución de su tiempo. Hertha aceptaba que sus visitas estuvieran tan determinadas; estaba convencida de que, aunque Kristóf experimentara un deseo repentino de verla o incluso aunque ella enfermara o él tuviera inesperadamente unos días libres en el despacho, no iría a verla fuera de los días programados. Hertha le rogaba que la llamara por teléfono alguna vez, pero él, aunque era puerilmente caballeroso en cuestiones de dinero, consideraba esas llamadas un gasto innecesario; no la llamó nunca durante los siete meses de noviazgo.

Kristóf se tomaba el noviazgo con seriedad y ceremonia: lo consideraba, más o menos, un cargo cívico que conlleva ciertos gastos de representación. Jamás aparecía en casa de la novia sin un gran ramo de flores. La colmaba de regalos; le compró un anillo de brillantes que ella se puso con sonrisa un tanto extraña y maliciosa, y mirada de sorpresa. Él le hacía entrega del anillo, de las flores y de los bombones con un aire solemne y tan serio como si estuviese jurando una y otra vez que no faltaría a sus obligaciones de esposo, de hombre y de ciudadano. A veces Hertha se burlaba de Kristóf; se inclinaba reverencialmente delante de él, lo llamaba por su nombre y apellidos, y añadía su rango profesional y académico. Entonces, él se sonrojaba y se mostraba sumiso y educado, triste, como alguien que comprende los motivos del tratamiento irónico del otro y se excusa por no poder ser diferente. Hertha intentaba consolarlo al ver su desesperación. Kristóf era como era, pero era Kristóf, y ella estaba unida a él y podía mantener con él verdaderas conversaciones.

Su noviazgo estuvo caracterizado por ese constante afán de diálogo: se pasaban las horas charlando, hasta la madrugada. Sus cuerpos guardaban silencio mientras que sus almas se abrían total y sinceramente. Se besaban poco, y por lo común lo dejaban a medias tras algunos conatos desmañados y temerosos. Más bien se besaban por obligación; eran de esos novios que creen que los intentos de acercamiento físico forman parte del estado oficial en que se encuentran, de la misma manera que llevan sus anillos de oro o que se acercan a las tiendas de muebles para escoger los suyos. Todavía no había llegado el momento de que sus cuerpos también se conocieran, y no estaban seguros de que después de su boda llegase ese momento de forma inmediata. Había que esperar la ocasión apropiada para ello. Kristóf se mostraba reservado con Hertha, y no se trataba simplemente de la disposición reservada del novio educado y correcto que evita adelantar la vida matrimonial, sino más bien de una reserva emocionada, sincera, que era muy propia de Kristóf y que Hertha comprendía; con sus silencios, con sus miradas, con todo su comportamiento, ella le expresaba que lo comprendía y que compartía su opinión.

Aceptaban sus cuerpos sin pasiones, pero se hablaban con pasión y curiosidad crecientes, con impaciencia. La valentía que ella demostraba en su manera de pensar, de expresarse, de acercarse a cualquier problema del mundo visible o invisible emocionaba profundamente a Kristóf. Su espíritu inquieto no quedaba satisfecho con explicaciones conformistas ni con frases hechas. Quería saberlo absolutamente todo, hasta el último detalle, quería conocer la intimidad más profunda del compañero elegido, iluminar hasta en el rincón más recóndito de su alma, allí donde «no es correcto» arrojar luz, donde ni él mismo se había atrevido a entrar, donde le asustaba mirar.

A veces, después de esas visitas a Viena propias de un novio formal y acompañadas de obligados ramos de flores, Kristóf regresaba a Budapest, al mundo de su familia y de su despacho con una sensación de pánico que le producía escalofríos, como si hubiese disfrutado de algún placer prohibido, como si hubiese atentado contra las normas morales. Profundamente turbado, se sentaba en su sillón de juez y pensaba: ¿Qué pasará si Hertha se mantiene así de curiosa con todo? ¿Qué ocurrirá si se propone juzgar toda mi vida como un juez inapelable? ¿Qué pasará entonces conmigo, que soy el verdadero juez? Ella mencionaba su profesión con una admiración exagerada, como diciendo: Ya sé que no puedes hacer otra cosa; tú eres el juez, el que nunca se equivoca, el que no comete fallos, pero no olvides que yo también estoy aquí y que te estaré vigilando. Él se preguntaba: ¿Qué le ocurrirá al juez si se ve obligado a apelar a ella, un alma sin piedad, por cada sentimiento, cada intención, cada juicio suyo?

Sus largas conversaciones tenían lugar en el salón de la casa de los padres de Hertha, un salón un tanto extraño, semejante a los de las casas señoriales de Budapest, aunque con una decoración más discreta y más refinada, como todo alrededor de Hertha. Los dos pertenecían a la misma clase social, habían sido educados bajo los mismos preceptos y las mismas normas, cogían el cuchillo y el tenedor de la misma forma, y la familia de Hertha ostentaba el mismo rango señorial que la de Kristóf. Aun así, él sentía algo raro en la vida de Hertha y en sus ideas; ella parecía ligeramente más humilde y al mismo tiempo más exigente, más refinada; quizá la burguesía austriaca mezclaba los ingredientes de la vida según una fórmula distinta de la húngara. Comían menos, se divertían sin tanta pompa, eran más reservados en sus conversaciones, en sus comidas, en su estilo de vida, en sus deseos.

El general era callado en su casa, pero parecía más asustado que enfadado. Hertha se alegraba con un ramo de flores o con una flor, gozaba tomando un objeto entre sus manos, aceptaba con humilde alegría lo que la vida le brindaba y estaba siempre dispuesta a disfrutar de cada momento. El modo en que se colocaba junto a la ventana por la que irrumpía el sol, en que escuchaba música o experimentaba sensaciones agradables —una comida exquisita, el primer roce de sus cuerpos— era siempre humilde, más delicado y a la vez más íntimo y consciente que el modo en que Kristóf había aprendido a vivir la vida. Durante alguna que otra conversación acalorada, el general gritaba como por obligación, casi como lo haría el general de una comedia. Pero este oficial austriaco que al principio de la guerra había enviado a cuatro mil hombres a una muerte segura por razones tácticas nunca aclaradas del todo, escuchaba emocionado a Hertha cuando tocaba el violín, era miembro de la Sociedad Protectora de Animales de Viena, y los domingos se echaba la mochila a la espalda, se calzaba las botas de montaña y se iba a los bosques que rodean la ciudad para volver con un ramo de flores silvestres. Al poco tiempo de conocer a Kristóf empezó a llamarlo al estilo vienés, Christopherl, le tomó cariño y buscaba su compañía como un amigo celoso. ¡Son culturas distintas, son otras formas!, pensaba Kristóf, encogiéndose de hombros. Pero en el fondo esas diferencias le daban miedo, y quizá fuera ese miedo lo que atrasaba la boda. Se preguntaba si esas diferencias, que también incluían a Hertha, esas diferencias atractivas y refinadas que Kristóf no conseguía eliminar ni dilucidar, desaparecerían con la unión, con el matrimonio.

Hertha tenía un ritmo distinto del suyo: era más lenta pero más arrolladora, más propensa a ciertos estilos musicales, a los caprichos, por ejemplo. Parecía impermeable a los cambios, y, sin embargo, constantemente dispuesta a ellos, hasta sorprenderse a sí misma y a los suyos con nuevos rasgos de su carácter. Al cabo de seis meses de compromiso Kristóf empezó a darse cuenta de que era totalmente imposible «conocer» a Hertha. No era misteriosa en absoluto, pero la mirada con que lo recibía y lo despedía despertaba en él un ligero desasosiego, como si lo observara y lo controlara sin cesar.

La boda se celebró en la sacristía de la antigua iglesia parroquial de Buda. El general, en uniforme de gala, se quedó detrás de Hertha enjugándose las lágrimas. Habían renunciado al viaje de novios y después de la ceremonia se fueron directamente a su nueva casa. Eszter, la primera hija, nació al final del segundo año, y su hijo, Gábor, en el tercero. Desde entonces habían pasado seis años. Hertha parecía tranquila y serena, o al menos a Kristóf le parecía feliz. Él pensaba que, en la vida, todo es más sencillo de lo que imaginamos. También Hertha era «más sencilla». Por encima de los retos de la vida familiar y la educación de sus hijos, ellos dos se mantenían unidos a través de un profundo sentimiento de religiosidad del que nunca hablaban y que, no obstante, envolvía sus existencias. Hertha iba pocas veces a la iglesia y nunca hablaba de sus creencias religiosas, y al cabo de cierto tiempo él comprendió que no era muy devota. Simplemente creía en algo, y a veces Kristóf se acordaba del padre Norbert e intentaba imaginar qué opinaría él de la fe de Hertha. Pero luego reconocía con satisfacción que la fe de Hertha era exactamente como tenía que ser, tan imperfecta e indefinida como la suya e igualmente auténtica, y eso era suficiente.

7

La entrada de la casa de Buda donde Kristóf había sido invitado daba a un pequeño jardín que apenas constituía un respiro; en las noches calurosas de otoño, los anfitriones colocaban las mesas entre las columnas del atrio. Kristóf llegó tarde, cuando los invitados ya estaban sentados alrededor de las mesitas. El vestíbulo se abría al salón de la casa de dos plantas; en la planta baja se encontraban el salón, el comedor y dos habitaciones, y arriba estaban los dormitorios. Una parte de la vivienda databa de la época de la dominación turca; las puertas y ventanas tenían cierto aire histórico, y algunas paredes acumulaban tal humedad que bajo los arcos y las bóvedas nunca desaparecía el olor a moho.

Allí arriba, en el barrio del Castillo, entre los edificios seculares mal reformados y los palacetes nobiliarios, se escondían esas casas sencillas de viejos techos abovedados, habitadas en su mayor parte por descendientes de los artesanos del siglo anterior y por funcionarios de los ministerios cercanos, que alquilaban allí habitaciones de ventanas decoradas con geranios y otras flores. En estas viviendas incómodas y viejas, heredadas de padres a hijos, sobrevivían muchos jubilados carentes de recursos, descendientes de la antigua nobleza venida a menos. Éstos eran los habitantes originales del silencioso barrio; junto a ellos, en esas casas que trepaban por la colina, se instalaban los recién llegados, los nuevos ricos, generalmente de la segunda generación, y también los escritores y artistas que pretendían mantenerse alejados de «la época moderna» y buscaban en esas cuatro o cinco calles el *spleen*, el «estilo», la vecindad de la gente elegante, el aislamiento de otras clases sociales, ese silencio peculiar, esa quietud que reinaba entre los arcos, por encima de la ciudad, y se extendía por las habitaciones de las viviendas, bajo los techos deteriorados.

Vivir en el barrio del Castillo tenía carácter de refinamiento incluso para aquellos cuyos abuelos y bisabuelos del siglo anterior no habían sido ni condes ni zapateros del Castillo. Se trataba de gente que vivía en un ambiente selecto y un poco artificial, lleno de vanidad y nostalgia, de prepotencia y ambiciones, y que al mismo tiempo reflejaba cierta visión del mundo, cierta ideología hostil y sospechosa. Los habitantes de esas casas con olor a moho se conocían, eran vecinos, se cruzaban en las calles estrechas: los condes, los funcionarios de nombre altisonante que vivían en cuartos alquilados, los descendientes de aquellos artesanos que habían vivido a la sombra del Castillo y los judíos de linaje ilustre, en su mayoría convertidos al catolicismo, todos imitaban a la perfección las extravagancias y el esnobismo de los inquilinos de los palacetes. Kristóf conocía bien el barrio, pues cada mañana daba un corto paseo por los baluartes del Castillo; conocía cada castaño, cada edificio de las calles más humildes, alineadas con fidelidad feudal a los pies de los baluartes y los palacetes; conocía muchas de las casas del barrio y a muchos de sus habitantes, a los niños que jugaban en el paseo del Bastión, a las niñeras que paseaban a los condes y condesas recién nacidos en sus cochecitos, cuidando de que no se les acercaran los retoños de los obreros del barrio de Krisztina.

Kristóf entró en la casa, se detuvo en el umbral y miró a su alrededor. Con ojos miopes pasó revista a la imagen esperada, a las habitaciones de mobiliario conocido; no le parecía familiar por haber estado allí antes, sino porque era como ver cualquier otra casa del barrio, como se reconoce inmediatamente el aspecto de una persona de la misma clase. De pie en el salón de techo abovedado, contempló el piano cubierto por un paño turco, la lámpara con pie de hierro forjado, la mesita bosnia, las pitilleras de plata, los dos cuadros de paisajes colgados en la pared —una cascada y un amanecer en el bosque, ambos pintados por la anfitriona—, el biombo recamado delante de la estufa, los sillones de cerezo con tapetes blancos de encaje de bolillos, la mesa ovalada de madera de peral, la lámpara de cristal que pendía del techo con seis brazos dorados que sostenían el águila napoleónica. Todo le resultaba conocido, era como estar en su propia casa. En otras casas del mismo estilo quizá faltaba el piano, pero, en cambio, había una colección de pipas junto a la biblioteca, aunque todas tenían en común los retratos de la familia colgados encima de un escritorio con muchos cajones. Entre las piezas antiguas de plata o de porcelana de los aparadores iban apareciendo, en los últimos tiempos, otras más modernas y coloristas: cervatillos de cristal o perritos de bronce con sonrisa misteriosa.

La noche era tan clara, tan limpia como las noches de verano. El «jardín», compuesto de arbustos, de algunos árboles pequeños y de un único rosal rodeados con precisión casi matemática por un minúsculo paseo de gravilla blanca, debió de ser en su día un patio embaldosado; la valla y la puertecita pintada de verde lo separan del paseo del Bastión. Desde la escalera del atrio se pueden ver las colinas que rodean Buda.

El aire desprendía los olores típicos del otoño: el olor fermentado de la fruta demasiado madura y de las hojas secas. Junto a la valla, debajo del nogal, Kristóf divisó a Hertha y a su hermana Emma, sentadas en torno a una mesita vestida con un mantel de colores. Las saludó con una sonrisa, distraído y aliviado; el ligero malestar que experimentaba cada vez que llegaba a un lugar desconocido se disipaba en cuanto advertía su presencia. El rostro de Hertha brillaba con simpatía, los labios carnosos sonreían, el cuerpo conocido se volvía hacia su hermana con un gesto de confidencia. Hertha había dicho algo y las dos se reían. ¡Se ríen de mí!, piensa Kristóf, y en su pensamiento no hay el más mínimo rastro de ofensa, casi le produce placer la risa íntima de las dos mujeres. Sabe que su postura, detenido en mitad de la entrada, es rígida y solemne; su esposa debe de estar divirtiéndose con su desaliento... De pronto, se siente parte del ambiente y no le queda más que sonreír.

Miró indeciso a su alrededor buscando a la anfitriona y distinguió a su hermano Károly en su uniforme impecablemente planchado, con una copa de vino en la mano y apoyado en la valla, cortejando a una señora entrada en años y en carnes que llevaba una blusa de seda blanca y el cabello escrupulosamente ondulado. Ahora lo «reconocía» todo, se sentía en su propia casa y se disipaba la extrañeza que había notado al llegar; se irguió, ya calmado del todo. En un extremo de la sala vio al anfitrión; estaba sentado bajo el foco de luz de una lámpara con pie de hierro forjado, tomando una copa de vino y fumando un puro junto a los dos invitados más ancianos y destacados: un magistrado del Tribunal y un abogado de renombre. Se dirigió hacia el grupo y se alegró por el recibimiento afable y familiar que le brindaron los dos invitados, insistiendo en que se sentara con ellos.

Sí, aquélla era su familia. No era ni buena ni mala, no se la podía criticar, se trataba de una comunidad indisoluble, de una auténtica familia. Kristóf se relajó en esa atmósfera familiar, se encontraba bien. El ambiente de la «cenienda» empezaba a animarse gracias al vino. Los jóvenes jugaban a las cartas y ponían discos en el viejo gramófono de la habitación contigua. Kristóf los miraba y pensaba en ellos con una palabra: juventud. Y al hacer esa distinción sentía que, aunque no fuesen muchos, sus treinta y ocho años le pesaban: uno lo experimenta más o menos todo hasta cumplir cuarenta, cuarenta y cinco años, pensaba. A esa edad ya se sabe algo definitivo, algo verdadero; no es un saber profundo ni satisfactorio, pero uno ya ha visto a los vivos y a los muertos. La vida se repite de forma extraña y milagrosa, nada ocurre como esperábamos, nada nos puede sorprender. La única sorpresa de la vida se produce cuando descubrimos que también nosotros somos seres mortales, y Kristóf lo había descubierto pronto, a los treinta y ocho años. Esa humillante experiencia física y nerviosa, por suerte no muy duradera, de sentir que a él también le puede ocurrir cualquier cosa... Pero ¿el qué? Lo que le ocurra no será quizá algo ni tan malo ni tan feo..., pero seguro que será algo contrario a toda convención anterior, y luego el mundo permanecerá en un estado rígido y artificial, como un paisaje contemplado por unos ojos de vidrio que observan las nubes, las casas, los rostros humanos...

Kristóf encendió un pitillo y fijó la mirada al frente. La «juventud» seguía en la habitación contigua jugando a las cartas o bailando al son de la música suramericana, una música de bandoneón indecente y sensual. Él estaba sentado al otro lado, escuchando esa música de acordes estridentes, indecorosa e impúdica, provocativa y desagradable. ¡Ésta es la clase de gente que se divorcia, la que deja que este tipo de música despierte sus deseos! Sonrió avergonzado por una generalización tan arbitraria, tan barata. Esos jóvenes también forman parte de mi familia. ¿Qué sé yo de ellos?, se decía mirándolos con recelo. Saludó a la anfitrio na y después se volvió a sus «mayores» con naturalidad y confianza.

Los ancianos hablaban poco y con cautela. El magistrado del Tribunal se inclinó hacia Kristóf en ademán confidente, casi paternal, y le ofreció fuego. Lo observaba con cariño. En cierto modo, Kristóf era el fruto de su educación, así que lo contemplaba orgulloso. Admiraba sinceramente su madurez, su prudencia, su entrega incondicional a la profesión y a la familia, su confianza llena de respeto hacia sus superiores, su disciplina, su facilidad para adaptarse a sus colegas; sabía que se le podía confiar la integridad de la tradición, los secretos prácticos de la judicatura, su espíritu. El viejo magistrado no dudaba de que, al igual que su padre y su abuelo, Kristóf llegaría lejos en esa profesión delicada y exigente. Conocía perfectamente a Kristóf, entendía cada mirada y cada palabra suya, sentía una profunda simpatía por él. A Kristóf se le podría confiar todo. No hacía falta convencerlo de nada porque su más tierna infancia había estado imbuida de los principios en que se basan las normas de convivencia humana. El viejo juez sabía que también Kristóf pretendía salvar la sociedad. No era necesario discutirlo con él; el entusiasmo, la fe y la convicción emanaban de su persona, de sus palabras. Se le podría confiar la sociedad entera...

Sin embargo, el juez observaba a Kristóf con aire de reflexión tras la nube de humo de su cigarro. Otorga demasiada importancia a las formas, pensaba. Es demasiado correcto. Nunca lo he visto ni siquiera un poco bebido, nunca he oído una palabra descuidada en su boca, nunca he percibido que olvidara controlarse... El juez tenía casi setenta años y lo había visto todo; había visto a los hombres completamente desnudos, en una desnudez más que física, y creía conocerlos a todos. Contemplaba el comportamiento «impecable» de Kristóf con cierta preocupación. Sólo se cuida tanto alguien que espera la respuesta a una pregunta o que no lo ha contado todo, o que tiene dudas. Pero este joven no puede tener dudas. Es el heredero. Es el único que no debería tener dudas…

Mientras observaba a Kristóf su expresión se fue endureciendo. Lo sabía todo de él, conocía su vida entera; a veces lo citaba en su despacho y charlaba con él en tono de confidencia amistosa. ¡Quizá esté viendo en él la fe católica! Disipó el humo con un movimiento sosegado de la mano para verlo con más nitidez. ¡Quizá esté viendo al creyente que lo perdona todo, al católico que no pertenece por completo a este mundo! El magistrado era protestante; había estudiado en una famosa universidad protestante donde se forjaba el carácter con una moral estricta y pensaba que a lo mejor era justamente el carácter católico de Kristóf lo que despertaba simpatía en él, ese afán disciplinado de perdonar, esa nostalgia disimulada, una nostalgia compleja que había observado en otras personas, la nostalgia de la «patria celestial». ¡Pero ahora se trata de esta otra patria, la real, la palpable, la amada por los dos! El juez anciano no concedía mucha importancia al patriotismo, lo consideraba sólo una palabra hueca, un programa sin contenido. ¡La patria sí que lo es todo, es la vida misma! ¡Es necesario salvarla, trabajando cada cual en el lugar que le corresponde! Examinó a Kristóf con ojos atentos. ¡Esta alma no debería flaquear! ¡Pertenece a la elite, es necesaria! Ahora mismo no se trata del humanismo, ni siquiera de la «justicia» o de la «verdad»; hay muchas más cosas en juego: los árboles, las tierras, los seres humanos que viven en este paisaje…

La conversación dio un giro inesperado y de repente estaban hablando del juicio del día, un caso político que en las últimas semanas había despertado la curiosidad de la gente. Los periódicos relataban los detalles del proceso: el acusado, un funcionario de alto rango, descendiente de una familia de la nobleza, había cometido un grave error en su trabajo. A lo largo del proceso lo había confesado todo y había terminado completamente destrozado. La sentencia había sido severa: lo condenaron a prisión y le retiraron el derecho a ocupar cargos públicos y a participar en política. La sentencia había provocado una seria preocupación que los periódicos reflejaron e hicieron pública, desencadenando el debate social.

El viejo magistrado había sacado el tema y ahora se acomodaba en su sillón y permanecía en silencio, a la espera de la opinión de sus interlocutores, de las críticas; les concedía el derecho de réplica. El anfitrión, el abogado defensor y Kristóf lo miraban con sorpresa, pues no era su costumbre discutir fuera del juzgado cuestiones relativas a la *res judicata*. Sin embargo, el anciano seguía esperando, recostado en su cómodo sillón, masticando la punta de un puro que sostenía entre los delgados dedos de una mano aristocrática llena de manchas y con la vista cansada pero curiosa e inteligente clavada en el techo.

El silencio embarazoso animó al anfitrión a decidirse a expresar su opinión: dijo con cautela que estaba de acuerdo con la sentencia. El anfitrión era un refugiado transilvano que llevaba unos diez años en la capital. Había ejercido de fiscal del Estado en una de las antiguas ciudades de la Hungría indivisa, pero después del desmoronamiento del país se retiró y se instaló en Budapest. Desde entonces vivía insatisfecho, intranquilo. Su esposa, hija de un conde de Transilvania, había heredado aquella mansión familiar con olor a moho en el barrio del Castillo. Como cualquier persona apartada de su profesión a causa de una fuerza externa o de un accidente fortuito, el fiscal sentía por sus colegas una envidia casi inconsciente que le producía remordimientos. Sabía que no tenía motivos para ello, nadie le había hecho nada, sencillamente se había acabado su tiempo, y en su nueva familia todos le deseaban lo mejor; era el destino el que había truncado su carrera. Sabía que él mismo había tomado la decisión de retirarse, que podía haber seguido ejerciendo su profesión. La razón le hacía comprender y admitir todo eso, tenía que entregarse a su suerte y aceptarla, pero una emoción más fuerte que la razón lo empujaba a mirar con celos los éxitos de sus colegas. Estaba convencido de que las cosas no iban bien en el mundo húngaro, de que sin él las acusaciones no eran acusaciones y las sentencias no eran sentencias. Habló en voz baja, casi ahogada. Se mostró de acuerdo con la severidad de la condena.

—Si ese error lo hubiese cometido un contable, un empleado de una empresa privada, alguien sin responsabilidades públicas, podría comprender o admitir la necesidad del perdón, ¡pero se trata de un funcionario público!, ¡para él la profesión tiene que ser única y exclusivamente un *nobile officium*! —pronunció las palabras en latín con un tono de voz muy marcado, casi con vanidad—, ¡no puede consentirse que haya cometido tal error porque es uno de nosotros, y, además, de alguna manera su infamia recae sobre todos los miembros de familias nobles que desempeñan funciones públicas!

Así planteó el anfitrión la acusación y el veredicto. El abogado defensor balbució algo incomprensible; el viejo magistrado del Tribunal tenía la cabeza caída sobre el pecho, como si dormitara.

—Y tú, Kristóf, ¿qué opinas? —preguntó el anciano de improviso, moviendo los ojos hacia él como un reptil que se despierta de su letargo.

Parecía muy tenso. Aquella mirada somnolienta y al mismo tiempo desafiante que pocos eran capaces de aguantar sin estremecerse cogió a Kristóf por sorpresa. Clavaba sus ojos en él con un aire amistoso y respetuoso, inclinándose ligeramente hacia delante en una actitud de debilidad propia de un anciano, pero con una buena dosis de prepotencia, casi de provocación. Por primera vez desde que se conocían, el respetable y sabio juez esperaba de Kristóf una crítica, una opinión personal. Todos los que se encontraban bajo el haz de luz de la lámpara de hierro forjado, el juez, el fiscal y el abogado defensor, se volvieron hacia él con atención y ansiedad. Eran conscientes de que el momento era crucial, aguardaban a que el joven expresara su parecer: Kristóf es el sucesor, el hombre que los seguirá. ¿Compartirá plenamente, sin reservas, sus puntos de vista y sus convicciones?

Kristóf miró a su alrededor sin saber qué decir, con cierto nerviosismo. Él también era consciente de la importancia del momento: es imposible prever los instantes así, cuando un ser humano se muestra inesperadamente en su totalidad. Luego no ocurre nada, la vida sigue su curso y los jueces continúan dictando sentencia, fieles a su tarea de impartir justicia como mejor pueden; pero, durante un segundo, se han detenido a observar a la generación que los sucederá.

La mirada de Kristóf se detuvo en el juez y sus ojos se encontraron. Kristóf sabía de qué caso se trataba, estaba al corriente del trasfondo político del escándalo, comprendía la complicada trama y conocía personalmente al desgraciado protagonista. Mientras buscaba una respuesta o, mejor dicho, las palabras adecuadas para dar la única respuesta posible, se sorprendió al oír su propia voz, cansada, mecánica y apagada, que decía:

—La sentencia es injusta.

La respuesta fue corta y seca. El anciano juez no se inmutó, no demostró aprobación ni desacuerdo; durante un instante miró a Kristóf atenta y cortésmente, y con movimientos circunspectos dejó el puro en el cenicero, juntó las manos sobre el pecho, se dejó caer hacia atrás en el sillón y cerró los ojos con gesto de fatiga, como si se dispusiera a dormir. Kristóf se quedó quieto y callado, como esperando una contestación, pero, cuando vio que nadie pretendía hablar, se levantó, se despidió con una inclinación y se dirigió a la otra sala. Al cruzar el umbral sintió la mirada de los tres clavada en su espalda.

8

Se detiene en el umbral. ¿Qué me pasa?, se pregunta, y se apoya ligeramente en el marco de la puerta, con la actitud de quien está observando algo; la gente lo mira y le sonríe. Él siente un ligero mareo. Es uno de esos mareos de origen nervioso, pero esta vez es mucho más leve; el «nerviosismo» se presenta bajo formas diferentes y Kristóf conoce ya algunas variantes. Advierte enseguida que no ocurre nada grave y respira hondo, saca su pañuelo del bolsillo, se seca la frente, se pone derecho. No hace falta que tome agua; no es necesario que se vaya a casa, no tiene que llamar un coche y avisar a Hertha, sólo es un pequeño mareo sin importancia, una llamada repentina, el sonido de un timbre de alarma. Ya ha pasado. La imagen de la habitación recobra su nitidez anterior, todos siguen en el mismo lugar, no se han acercado corriendo, no se han agrupado a su alrededor. Nadie se ha dado cuenta. Kristóf sonríe con cautela y cortesía.

Respira lenta y profundamente. Ya se siente mejor. Toma un bocado y bebe una copita de vino con mucha agua. Ha decidido que irá hasta la mesa de su hermana y de Hertha, se sentará a su lado y no se moverá de allí durante el resto de la noche. Siente que la sangre circula por su cuerpo con normalidad, que su rostro ha recobrado el color, que el pequeño «ataque» ha terminado. Lo importante es mantenerse fuerte. Ha aprendido que el cuerpo es cobarde, que se muestra manso como una fiera cuando le enseñan el látigo. El alma lo es todo, piensa. Sin embargo, permanece apoyado en el quicio de la puerta, en actitud distendida, como si no hubiese decidido todavía a qué mesa acercarse. Sonríe y mira hacia un punto impreciso. Debe mostrarse fuerte, apretar los dientes, sonreír y secarse el sudor frío de la frente con disimulo.

¿Qué será esa sensación? ¿Qué sucede en casos como éste? Es un sentimiento vergonzoso. Kristóf no puede concretarlo, no consigue definirlo de ninguna otra forma, y a veces piensa que sería preferible cualquier cosa, incluso la aniquilación, antes que esa vergüenza. No hay nada más humillante, ni siquiera la confesión. ¿La confesión? ¿Qué tiene él que confesar? ¿A quién debe él una confesión? Su vida no tiene secretos... Y entonces sonríe. Si tuviera que morir allí mismo, en ese preciso instante, no quedaría tras él ningún secreto por descubrir. El fiscal general del Estado no encontraría en su despacho el más mínimo indicio de misterio aunque leyera todas sus notas y examinara todos sus papeles. Kristóf no tiene secretos. Ni siquiera Hertha podría encontrar nada en los cajones de su escritorio ni en los bolsillos de sus trajes. Su vida es, como suele decirse, un «libro abierto», aunque la expresión no suena muy bien, tiene regusto a papel, y la vida no tiene nada que ver con los libros. Entonces, ¿a qué se debe ese sentimiento de vergüenza tan angustioso? ¿De qué se avergüenza? Le parece que de un momento a otro los demás van a descubrir algo, algo irremediable, y vuelve a sentirse mareado. Se queda pálido, la sangre se le escapa del rostro. ¡Por favor, que Hertha no me mire ahora! Todo estará bien enseguida; es imposible que este malestar, esta confusión interna tenga verdadera importancia...

¿Qué ha ocurrido hoy? ¿Y ayer? ¿Y hace un momento? Claro, quizá habría debido dar otra respuesta... Pero él sabe que en la vida hay ocasiones en que es imposible no decir lo que se piensa, momentos en que el alma alza la voz y grita la misma respuesta de siempre, la única que dicta el carácter. El padre Norbert también era consciente de eso, existe algo ineludible en el alma humana, algo inmutable. ¿Se trata del carácter? ¿De las convicciones? El carácter define la personalidad de Kristóf Kömives más que cualquier otro atributo: más que el cuerpo, los instintos o la mente, más que su profesión, su papel en el mundo o sus hijos. ¡Por favor, que Hertha no se dé cuenta de que estoy aquí parado, sin poder moverme!

Instantes después consigue caminar; avanza entre las mesas, cruza el jardín, acerca una silla y se sienta al lado de Hertha, frente a su hermana. Más tarde, su hermano se une al grupo familiar. Hace tiempo que no se veían. Károly cumple su servicio en una ciudad de provincias, y de momento no tiene esperanzas de ser trasladado a la capital. La hermana también vive lejos, en Pest, en un discreto barrio periférico donde cada vivienda tiene un diminuto jardín. Apenas sale de su casa, construida gracias a un crédito. Su vida gira alrededor de las enfermedades y las necesidades de los hijos, y para ella «ir al centro» es todo un acontecimiento; el paseo de media hora en tranvía le parece un auténtico viaje. Nunca va al teatro ni asiste a reuniones sociales... Kristóf observa atentamente a su hermana, y luego a su hermano pequeño, sentado bajo el nogal. Están en familia, separados de los demás, como si uno de los clanes se hubiera rebelado contra la gran familia y celebrara una reunión aparte...

Hertha lo ha mirado y enseguida ha desviado la vista: no se ha enterado de nada. Su indiferencia lo tranquiliza pero al mismo tiempo despierta en él celos, enfado y deseos de protesta: debería haber notado que él está teniendo «uno de esos días»... Porque, ¿de qué sirven las palabras? ¿Acaso debería quejarse? ¿Qué sentido tiene su relación con Hertha si ella no se da cuenta de lo que le pasa? Pero no se da cuenta. Las dos mujeres están hablando de los niños, de la escuela.

Su hermana se mantiene completamente erguida. En su cuerpo no hay ni la más mínima distensión, todos sus movimientos son disciplinados; sonríe siempre, con esa mirada azul infranqueable. No sé nada de ella, piensa Kristóf, y ese pensamiento le causa temor. Emma está sentada debajo del nogal con las manos entrelazadas en el regazo; es afable y educada, tiene una sonrisa para todos, conversa con frases hechas que no quieren decir nada. Kristóf la contempla como si no la hubiese visto en años y se repite con estupor e inquietud crecientes: No sé nada de ella, absolutamente nada. Le gustaría cogerla de la mano, tocarle el hombro, decirle algo cariñoso y rogarle: Por favor, Emma, cuéntame algo de ti... Sus ojos azules, vacíos, siguen sonriendo. Kristóf siente en todo su ser que aquella alma se ha encerrado, que Emma les ha entregado a todos, a Dios, a la familia, al padre, al marido y a los hijos, lo que esperaban de ella y que ahora se encuentra muy lejos de todo y de todos, de sus recuerdos, de su presente, de sus hermanos, de su esposo, tal vez hasta de sus hijos, como si viviera en un país lejano. Sí, Emma «cumple con su deber» sin poner cara de mártir, por supuesto, sino de buen grado. Quizá es la persona «ideal»: nadie le ha preguntado nunca qué esperaba de la vida, ha asumido todo lo que la vida le ha dado, soportó la educación de las monjas y ahora soporta a su esposo, ese ingeniero químico tan egocéntrico que anda siempre buscando una motita de polvo en la manga de su abrigo y que es miembro de la Compañía de Turán, y que a veces visita a Kristóf con tal solemnidad que parece estar rindiendo homenaje a alguien superior...

Emma nunca le ha contado nada de su esposo, nunca le ha hablado de felicidad o de infelicidad. Emma nunca será la heroína trágica de un proceso de divorcio: es y será siempre una esposa fiel y una madre perfecta, educa a sus hijos miopes con abnegación, sin salir de casa durante meses, como siempre. Representa los ideales en carne y hueso. Calla y callará hasta su muerte. No hay ser humano capaz de acceder al interior de su alma. ¿Cuándo se encerró así? Kristóf no puede recordar nada de la Emma de antes. ¿Ha sido siempre así? ¿Cuándo se encierra así un alma? No parece infeliz; su personalidad está completamente cerrada, como una planta que cierra su flor ante un peligro indefinido guiada por un instinto complejo y sensible. Se la puede destruir, se la puede aniquilar con un simple gesto, pero aun así nunca entregará su secreto a nadie... ¿Mas cuál será su secreto?, se pregunta Kristóf, y presta atención al diálogo de las dos mujeres sobre el precio exagerado de los libros de texto, sobre la utilidad del uniforme escolar de los niños...

Pero ¿qué es esto? ¿Qué me ocurre hoy? ¿Qué significa esta sensibilidad? Serán los nervios. Todo está bien a mi alrededor; vengo del despacho, estoy rodeado de amigos; quizá sean unos amigos demasiado curiosos, quizá deberían haberse ahorrado esa pregunta inquisidora; también podría ser que hoy haya fumado más de la cuenta. Este año todavía no he tenido vacaciones, las dos semanas que hemos pasado en el balneario de Füred no me han servido de mucho. Me siento tenso, como envenenado, lleno de emociones incontrolables. Estoy atiborrado de trabajo; mañana tengo cuatro juicios, debo disolver el matrimonio de Imre Greiner, mi antiguo compañero de clase, y su esposa, aquella Anna Fazekas con la que una vez jugué al tenis en la isla Margarita. Hertha me pidió al mediodía que no volviéramos tarde a casa, porque las clases de los niños empiezan mañana y quiere acompañar al más pequeño a la misa de inauguración del curso... Sí, ya nos podríamos ir. Ya hemos cumplido nuestros deberes sociales, he pasado todo el día en el despacho y ahora nos iremos a casa para estar en familia. Todo esto es tangible y real, es nuestra vida. ¿Qué nos falta? Me gustaría saber lo que está pensando Emma...

Decididamente, Emma sólo piensa en lo que está diciendo: habría que utilizar los mismos libros de texto en todos los colegios, los padres deberían organizar una recogida de firmas para presentar un escrito ante el ministro; las clases deberían empezar a las nueve en los meses de invierno y no a las ocho; el año anterior, uno de los niños que ayudaban en misa estuvo todo el invierno resfriado por pasar tanto tiempo en una iglesia tan fría; ha decidido hablar con el cura y pedirle que este año su hijo Ervin no participe en esa tarea. Luego hablan de unas telas para hacerse unos vestidos, y después, de que los Erzey están a punto de divorciarse. A Emma le dan pena:

—La mujer está tan asustada y se siente tan indefensa... Ayer fui a verla y me lo contó todo entre llantos… —Emma intentó consolarla como pudo, pero sabe que en esos casos no se puede hacer nada.

Ese matrimonio se desmorona, se cae a pedazos como un mueble antiguo, carcomido, y sólo las formas mantienen unidos al marido y a la mujer porque el contenido de su unión ha desaparecido. Emma no encuentra palabras para describir esa tragedia. No hay motivos para acusar a nadie, sencillamente no congenian; han tratado de remediarlo durante años, incluso han llegado a enfermar, primero uno y luego el otro. El marido, Lajos, ha estado dos veces en un sanatorio porque tenía problemas de nervios y había desarrollado una úlcera de estómago; cuando volvió a casa, intentaron de nuevo salvar su matrimonio, pero su vida se ha vuelto insoportable. La mujer, Adél, tan inocente e ingenua, no comprende nada, no puede entenderlo, no puede asimilar la tragedia:

—¡Pero si nos queremos! —le ha dicho a Emma entre sollozos; pero también le ha dicho que se había resignado, que quizá sería mucho mejor vivir separados...

¿Mejor? ¿Acaso hay algo en la vida que sea «mucho mejor»? Vivirán como puedan, divorciados. Cualquier cosa es mejor que ese infierno incomprensible, ese sufrimiento estúpido, esos años en los que se va desplomando una familia sin que haya «razón» aparente, sin que ninguno de los dos haya cometido ninguna infamia; Lajos no ha engañado a Adél, no hay otra persona en su vida, y Adél no comprende nada, no lo puede comprender. Sin embargo, ahora ya se ha resignado.

Al oír la historia de boca de Emma, callan todos. Hertha mira a Kristóf, lo ve encerrado en su soledad: ¿qué le sucede a este hombre? Últimamente, cuando la familia, por circunstancias inesperadas, se reúne a su alrededor, se queda siempre muy callado, con aire ausente. Kristóf se da cuenta de que todos lo están mirando, incluso su hermano lo observa. Emma lo mira de reojo mientras habla, como si esperara una respuesta, como si le estuviera diciendo: tú eres el juez, el experto en la materia, ésa es tu profesión; respóndenos, pues, dinos por qué Lajos y Adél, dos personas que se quieren, no son capaces de vivir juntos. Kristóf baja la vista, mira la puntera de sus zapatos, parece cansado, agobiado: sí, claro, la pregunta de siempre. La misma pregunta de siempre, una pregunta aburrida. Pero ¿por qué le preocupa tanto a Emma? Levanta la vista y, al mirar a Emma, ve cómo el rostro de su hermana se cierra y hace desaparecer la excitación originada por la pregunta.

No sé nada de Emma, vuelve a pensar Kristóf. Se ha ido, hace tiempo que se escapó, no sólo de nosotros, sino de todo y de todos. ¡Qué manera de resistir! Vive y vivirá así, educará a sus hijos hasta que crezcan, vendrá a vernos algunas veces, me preguntará por qué Lajos no es capaz de vivir con Adél..., pero luego se callará y adoptará esa expresión inalcanzable. Demuestra una calma digna de admiración. Su alma está intacta, es inviolable. Habría que aprender de ella, quizá ella conozca el secreto..., como los faquires que se acuestan sobre ascuas. ¡Qué exageración!, piensa con enfado, ¿dónde están aquí las ascuas? ¡La vida es así, Emma tiene que aguantar su propia vida, ése es el único secreto y no tiene más misterio!

—¡Hay que aguantarse! —dice en voz alta, como si hubiera enlazado varios pensamientos inconexos y confusos en una sola frase arbitraria y contundente.

Hertha lo mira, sus ojos están sonriendo. Emma asiente con la cabeza, de forma casi solemne. Su hermano calla. ¡Está tan elegante con su uniforme! ¡Es tan delgado y tan nervioso, tan diferente de mí! ¡Es como si su cuerpo no tuviera nada que ver con el mío! Kristóf piensa en su hermano y, al mismo tiempo, en su respuesta. ¡Todos lo comprenden, sí, lo comprenden muy bien! El juez ha vuelto a dictar sentencia: no hay escapatoria. Es preciso aguantar la vida. Adél y Lajos tampoco tienen escapatoria. Hertha lo mira satisfecha y con un movimiento íntimo intenta cogerle la mano, pero Kristóf la retira.

9

En la mesa, entre las botellas vacías y los platos con restos de comida, está el periódico de la tarde. En la primera página, un titular impreso con letras más grandes de lo habitual pronostica la guerra.

—¿Dónde funden estos caracteres tan extraños? —pregunta Kristóf de repente, como si quisiera cambiar el tema de la conversación—, ¿en el mismo taller donde fabrican los cañones? —Y señala el diario, tocándolo con cuidado con la punta de los dedos como para evitar mancharse.

Su gesto es inconsciente, delicado y cauteloso. La mano se detiene en el aire y luego vuelve al regazo. Su hermano abre el periódico, lo aleja de los ojos y lee en silencio las inquietantes noticias.

Se está haciendo de noche; dentro de la casa han encendido todas las luces. La luz de una de las farolas del paseo del Bastión ilumina el jardín atravesando la valla. En la mesa de al lado están hablando de la guerra. La gente habla de la guerra con naturalidad, sin palabras retóricas, como se habla durante el día de la vida y de la muerte. Su hermano pequeño deja caer el diario, cruza los brazos y apoya la cabeza en el tronco del árbol. Kristóf lo mira con simpatía y cariño; le gustaría cogerlo del brazo y alejarse con él de esa casa. Su postura, sus gestos, todo le parece propio de un niño pequeño, tan íntimamente conocido, tan tristemente correcto; la misma actitud de aquellas últimas tardes del año, cuando el padre los cogía de la mano y él no se atrevía a «desear» nada... A Kristóf le gustaría pedirle que deseara algo. Ahora su hermano pequeño ya es un adulto, viste uniforme militar, lleva dos estrellas y se ha convertido él también en el orgullo de sus superiores. Los Kömives hacen siempre lo que se espera de ellos, nunca desean nada inapropiado, nada fuera de lugar, nada indeseable... Su hermano pequeño es un soldado excelente y muy modesto...

Sin embargo, incluso así, vestido de uniforme, tiene algo de colegial. Su aspecto no es muy marcial, ni siquiera es un soldado «chic». Kristóf lo observa en la penumbra, conoce a esa clase de personas y se da cuenta de que esos soldados jóvenes son muy diferentes de los de antaño, más bien parecen monjes, unos monjes que cumplen su deber en un terreno mundano. Viven con tanta humildad... Para ellos el uniforme no es signo de privilegios, no obligan a los músicos gitanos a que toquen durante horas en los bares, no toman champán, no juegan a las cartas, no muestran sus habilidades físicas saltando por las cunetas. Pasan años sentados en los bancos de la academia, hacen exámenes, esperan el autobús en la parada con su cartera bajo el brazo. Son tan serios, modestos y abnegados como si hubieran hecho voto de pobreza y castidad, como si fuesen monjes de una extraña orden dedicada a labores terrenales.

Su hermano tampoco habla nunca de su vida. A veces los visita cuando tiene vacaciones, pero siempre está preparándose para sus exámenes o hay obligaciones del servicio que debe cumplir... Sí, esos soldados son distintos de los de la generación de su padre. La juventud que sigue a Kristóf es diferente, más ascética. ¿Qué espera esa juventud de la vida? Su hermano no interviene en la conversación sobre la guerra, no se da aires de experto, no desenvaina la espada, no promete vencer al ejército de ningún país y entrar en la ciudad enemiga a lomos de un caballo blanco. Se limita a mirar hacia el frente y escuchar la discusión, muy serio, asintiendo a veces con la cabeza. Cuando llegue el momento, se irá a la guerra con la misma modestia, con idéntica seriedad y disposición silenciosa, irá allí donde le ordenen, resultará herido y llevará sus heridas con la misma seriedad y modestia, o morirá en el frente, en silencio, sin pronunciar una palabra sobre lo que opina de la guerra. Está escuchando a los demás como si no supiera nada de batallas ni de guerras; atiende educadamente como si no fuera él el experto, como si el único civil del grupo fuera él.

¡Querido hermano!, piensa Kristóf, y le gustaría poder expresarle de alguna forma su cariño y su simpatía. Pero los Kömives nunca ceden al sentimentalismo, y su hermano se sorprendería, incluso se sonrojaría, si Kristóf intentara dirigirse a él con demostraciones de afecto, dejándose llevar por las emociones. Además, a Kristóf tampoco le gustan los arrebatos de entusiasmo indecoroso. Hoy ha tenido un día de nervios, eso es todo. Por otra parte, aunque haya estado nervioso, aunque haya experimentado sentimientos fuera de lo normal, aunque haya sentido mareos, no puede permitirse olvidar la disciplina. Y mientras su hermano calla, los demás exponen sus puntos de vista sobre la guerra. Es admirable cómo se han aprendido la lección, hablan como si ya hubiese ocurrido algo. La guerra no es hoy tan improbable ni tan inimaginable como ayer. Nadie cree que pueda empezar de verdad, nadie quiere la guerra, todavía está muy lejos; extensos campos y altos montes separan la paz de la guerra, aún siguen negociando, regateando. Nadie puede imaginar cómo empezaría una «guerra moderna» ni quiénes serían los enemigos. Nadie es capaz de imaginar bombas de miles de kilos ni gases letales. Todo eso parece irreal y absurdo, nadie tiene interés en que haya guerra. Es imposible imaginar que uno esté sentado tranquilamente en su casa, conversando, y un instante después ya no exista Londres o el monte Gellért. Son ocurrencias ridículas. Es imposible que estalle la guerra, al menos una guerra como la que imaginan los pesimistas que hablan de ella en los cafés. La paz sonríe por todas partes, aunque sea una sonrisa algo forzada y amarga; en el mundo entero se aprecian los signos del «progreso económico»; la civilización, cada vez más perfecta, brilla con luz propia. La guerra no puede estallar, la civilización no puede desaparecer de un día para otro. Probablemente, la guerra empieza con... Pero todos hablan a la vez... Kristóf atiende, está nervioso, como si de improviso fuese a comprender algo. Y de repente comprende: la guerra empieza cuando los seres humanos, en todo el mundo, están sentados en sus casas, hablando de sus preocupaciones diarias, y de pronto alguien pronuncia la palabra «guerra». Los demás entonces no pueden callar, no pueden mirar en silencio al vacío, aterrados, sino que se ven obligados a responder con naturalidad, repitiendo la palabra «guerra». Y se ponen a hablar de la guerra, de si es posible y de cómo será, y dónde, y cuándo. Así es como empieza la guerra. Kristóf lo comprende de golpe. En algún lugar lejano, en un lugar invisible, estalla la guerra; por descontado, primero estalla en el alma de los seres humanos, y para cuando se manifiesta en los campos de batalla, en los muertos, los heridos, los cañones, las casas en ruinas y las columnas de humo, la gente ya se ha acostumbrado a ella.

En tono crítico y apasionado, Emma habla con desprecio de los cobardes que acumulan ya en sus casas botellas de agua mineral, chorizos y longanizas, harina y aceite para las lámparas, y de los que alquilan casas en el campo, lejos de las ciudades, porque tienen miedo de los gases letales; todo eso es absurdo, incomprensible y estúpido. Kristóf asiente con la cabeza, como si encontrase insensata esa actitud, pero por otro lado la comprende; parece que la guerra comienza así, con la despensa llena de chorizos y longanizas y petróleo para las lámparas, con la gente cobarde y asustada alquilando casas en el campo, lejos de las ciudades.

En la mesa de al lado, un señor que Kristóf conoce de vista —redactor de un periódico, editor de una revista religiosa, eso le han dicho; además, Kristóf cree haber visto su nombre bajo unas críticas literarias— dice que una persona de moral cristiana no puede prepararse para la guerra más que con el corazón limpio, con resignación y humildad, y que los que se asustan ahora y tratan de salvar el pellejo son todos unos traidores, peores que los desertores que abandonan las trincheras refugiados tras una bandera blanca.

—Si Europa desaparece —dice el editor con una voz tan alta que se le oye desde la entrada—, si Europa desaparece aunque sea en parte, si desaparece todo lo que hemos construido, todo en lo que hemos creído, las ciudades, las iglesias, los teatros y las casas, entonces, ¿qué importa lo que le ocurra a un matrimonio, qué importa que sea moral o inmoral sobrevivir por haber acumulado comida en casa?

Kristóf escucha esas graves palabras y asiente con la cabeza. Esas palabras llegan a su mente con absoluta nitidez, y en ese momento lo comprende todo, todo está claro; basta con llamar las cosas por su nombre, decir «si Europa desaparece…», y al instante se comprende todo, incluso lo que antes parecía increíble. La cuestión no es si Europa desaparecerá o no, porque de tal posibilidad inverosímil nadie sabe nada seguro; simplemente se trata de que ya se puede hablar de ello, se ha convertido en un tema de conversación, se habla de ello en ese jardín y en otros, en los salones, por todo el mundo, en las ciudades del norte afligidas por la lluvia eterna, en las ciudades soleadas del sur, con esos jardines llenos de cipreses y muros de piedra que Kristóf siempre ha querido visitar (quizá ya es demasiado tarde para visitar cualquier lugar). Varias personas contradicen al editor. Kristóf presta atención con curiosidad y cortesía. Éstos son asuntos que atañen a mi hermano, piensa distraído; la guerra es asunto suyo, yo me ocupo de la paz.

Mira a su hermano, el jardín bien cuidado, los rostros en penumbra, las mesas desordenadas, la lámpara del salón, el contorno de los muebles. Hoy hasta las cosas más conocidas son nuevas para él, como si nunca antes hubiese observado la forma de una mesa o de una silla. Si todo esto desaparece —su pensamiento va cargado de ironía porque desprecia esa exageración, ese pánico falso—, si hay que empezar todo de nuevo, si hay que volver a las cavernas huyendo del gas letal, yo no sabré hacer una mesa o una silla. Y si, por ejemplo, desaparecen todos los carpinteros, nos veremos obligados durante mucho tiempo a sentarnos en el suelo y a comer encima de unas piedras... Yo no sé ni arreglar un enchufe. No sé cómo se fabrican los papeles pintados con que se revisten las paredes. No entiendo nada de nuestra civilización...

Pero de momento la civilización no ha desaparecido, continúa brindando protección y comodidades; la luz de la lámpara sigue iluminando la sala, los enchufes funcionan, el periódico de la tarde está todavía en la mesa, con sus letras enormes y extrañas... En el interior de la casa, la juventud ha renunciado a la música estridente e indecente; a través de las ventanas abiertas sale al jardín la melodía ingenua de un clarinete y una flauta.

10

—¡Mozart! —dice Hertha mientras se levanta y se arregla el cabello—. *Eine kleine Nachtmusik...*

Ya están listos para irse, sólo tienen que despedirse de los anfitriones. La música llena el jardín y la noche calurosa con su melodía refrescante. Hay un alma humana enviando su mensaje a través de la música, pero la melodía que el tocadiscos reproduce es tan fresca y pura que no parece humana. Es como si un pájaro cantara con toda el alma. Durante unos momentos melancólicos, románticos, la música los mantiene unidos.

El magistrado del Tribunal ya se ha ido, y el anfitrión atraviesa el atrio con pasos vacilantes, buscando a Kristóf. Hertha escucha la música como si sonara expresamente para ella, como si alguien le estuviera hablando. Mientras sonríe, su mirada se detiene en Kristóf y luego se desvía hacia los árboles con una expresión conocida para él pero también extraña; parece hechizada por la melodía, como si después de mucho tiempo oyera voces familiares, en ese idioma materno que sólo ella es capaz de disfrutar en todos sus matices.

—*Eine kleine Nachtmusik* —repite en voz baja.

Su figura se diluye entre la penumbra. En el apasionamiento sentimental de las flautas y los clarinetes entran los violines, firmes y cargados de emoción. La música les llega desde lejos, desde la nada, y aun así esa impresión impalpable, inmaterial, es tan real como el mundo que recibe esos sonidos. Un alma humana les está hablando, se acerca a ellos; el objeto al que una vez se dirigió directamente ya no existe, pero el alma sigue expresando los mismos anhelos, sigue haciéndole la corte y, entre reverencias, le cuenta sus secretos más profundos. Emma se ha adelantado. Se ha detenido en la entrada con la expresión casi hostil de alguien a quien no le interesa en absoluto la música. Hertha escucha hasta que la pieza termina; luego mira a su alrededor y sonríe como si esperase una palabra, una frase, una explicación.

Salen y caminan por el paseo del Bastión. La noche es calurosa, de color sepia. Se acercan a los baluartes. Abajo, el barrio antiguo duerme desde hace rato. Kristóf se orienta para encontrar las ventanas de su casa y advierte que dos de ellas están iluminadas.

—¡Los niños siguen despiertos! —dice.

Se detienen al lado de los baluartes.

—Están inquietos —observa Hertha—, mañana empieza el colegio. Pero han estado alborotados todo el día por algo más. Trude no podía con ellos. Hoy no ha funcionado el cuento del cazador. ¡Hasta *Teddy* estaba inquieto!

Kristóf enciende un cigarrillo y, en tono de broma, con ironía, le pregunta cómo demuestra *Teddy* su inquietud... *Teddy* es el perro, un airedale terrier no muy joven y constantemente tembloroso que, según palabras cáusticas y un tanto injustas de Kristóf, «no sirve para nada». Esta opinión provoca siempre en Hertha el impulso de contradecirlo. Su instinto femenino le impide admitir esos planteamientos prácticos: no entiende por qué un ser vivo tiene que «servir». Pero a Kristóf no le gusta el perro, es un animal consentido e inútil, y lo llama «chucho asqueroso»; sólo muestra aprecio por los perros de caza de largas orejas caídas, peludos y luchadores. La idea del «perro» está asociada en él al concepto del paraíso perdido, de la felicidad señorial de las antiguas madrugadas de cacería, llenas de olor a aguardiente, a tierra mojada, a lluvia fina. Hertha nota su nostalgia, la analiza y destapa su lado artificial, sutilmente «aristocrático». No soporta a esos cazadores aristócratas, nobles, y se burla invariablemente de sus «pantalones a cuadros», pero al mismo tiempo perdona, benévola e inteligente, la nostalgia de su marido. Kristóf camina sonriente a su lado y no protesta por la alusión a los pantalones a cuadros. Sabe que ellos dos se comprenden...

Sin embargo, esos sentimientos de añoranza forman parte de Kristóf. Hay que aceptarlo como es, con todos esos deseos y esas necesidades que Hertha desmenuza sin piedad, sacándolos del mundo oscuro y profundo de las emociones y los anhelos para perdonarlos a continuación con un encogimiento de hombros.

—¡Pues sí! —contesta—, ¡*Teddy* también estaba inquieto! ¡La casa estuvo patas arriba toda la tarde!

—¿Patas arriba? Estarás exagerando… —dice él en tono de reproche cariñoso, con clara pedantería; es su forma de protestar contra el ataque sentimental de Hertha. Se entienden con pocas palabras; basta con que uno empiece una frase, igual que un director de orquesta, que hace un pequeño gesto y toda la orquesta lo entiende y desarrolla el motivo a su manera—. ¿Y a qué se debía el terremoto? —pregunta, con la paciencia del padre de familia.

—¿Que a qué se debía? —repite Hertha, y empieza a ampliar el tema.

Hay muchas cosas en este mundo que no responden a una razón definida. Todo empezó en la habitación de los niños. Al mediodía, justo después de que Kristóf saliera de casa. Gábor no quería dormir la siesta y despertó a Eszter con sus gritos; encendieron la lámpara en la habitación a oscuras para jugar a los tres cerditos, pero faltaba el tercero. Trude estaba planchando, no tenía tiempo, y Hertha acababa de tomarse otro calmante para el dolor de cabeza. Esos días de principios de otoño le provocan jaquecas; aguanta con dificultad los cambios de estación, se siente irritada y susceptible, le parece que se está haciendo mayor. Kristóf manifiesta una protesta galante con gruñidos superficiales. Sí que se está haciendo mayor, insiste Hertha, para qué negarlo; no tolera los cambios, le molesta que cambien de lugar las cosas de la casa, le gustaría fijar para todo un orden tan exacto como el del calendario gregoriano, le fastidia que la naturaleza intervenga en sus previsiones, en su programa.

—Claro, el programa... —le reprocha Kristóf en voz baja; ésa es otra de las expresiones exageradas de Hertha.

—Sí, claro, «programa» puede que sea una palabra demasiado frívola —reconoce Hertha—, pero te ruego que no des importancia a mis exageraciones. Tal vez no se pueda vivir sin unos toques de frivolidad saludable, de ligera exageración, ¿no crees? Quizá sea posible vivir de una manera más precisa y afectada, pero a lo mejor no merece la pena...

Pero ahora no están hablando de eso, sino de que Gábor y Eszter no encontraban un tercero para el juego de los tres cerditos, de manera que apagaron las luces, se sentaron en la alfombra y comenzaron a aullar. Así los encontró Trude. Fue entonces cuando *Teddy* salió de su escondite habitual, debajo del sofá del estudio de Kristóf, y empezó a comportarse de un modo extraño.

—Le daremos bromuro —dice Kristóf con desprecio, pero esta vez la ironía no le sirve para zanjar el tema.

Hertha insiste:

—*Teddy* estaba muy nervioso, se plantó en medio del estudio con el pelo erizado y las orejas levantadas y estuvo aullando desesperado con la expresión de pánico de un animal salvaje. —En este punto, Kristóf protesta por la expresión.— No se tranquilizó tampoco con mis palabras amables ni aceptó el caramelo que le ofrecí; a cada instante corría hacia la puerta y la olía como si estuviera esperando a alguien. Tenía un aspecto horroroso, completamente anormal.

—Quizá tenía mal el estómago y quería salir... —observa Kristóf con objetividad científica.

Pero no, eso es lo más extraño, no quería salir. Intentaron sacarlo de paseo, pero se volvió a meter debajo del sofá y siguió aullando y gruñendo; hasta quería morder la mano de Trude. Es evidente que sentía algo raro.

—Quizá se esté haciendo viejo —insiste Kristóf, impaciente.

Cuando llegan delante de la vieja iglesia, el reloj está dando las diez y media en la oscuridad. De repente, Kristóf se siente cansado. Llegarán pronto a casa. Espera que *Teddy* se haya calmado y que Gábor y Eszter tengan ganas de dormir; a esas horas ya ni siquiera querrán jugar a los tres cerditos por muy divertido y moderno que sea el juego. Kristóf siente unas ganas irrefrenables de quedarse solo en su estudio, de cerrar las puertas y sentarse bajo la luz de su escritorio, de no pensar en nada y descansar, de entregarse a un descanso profundo y apartar de sí toda fuente de nerviosismo, olvidar todas las tensiones del día...

Sí, hoy ha sido uno de «esos» días. Mañana se sentirá mejor. Es posible que a él también le esté afectando el cambio de estación. Escucha distraído a Hertha, que ahora también habla con ironía y ligereza del estado de nervios de los niños y el perro. El tono es irónico, pero mucho más vehemente e inquieto de lo que merece un hecho común de la vida doméstica.

—¡Venga, ríete de mí! —dice, y suelta el brazo de Kristóf—, ¡ya sabes que detesto las supersticiones!, pero hoy me ha parecido que los niños y el perro presentían algo..., qué sé yo..., todo el mundo habla de la guerra, de las catástrofes que se avecinan… ¡Menos mal que no anuncian la llegada de un cometa! Pero es que no tenían ningún motivo especial para ponerse así. ¡Ni Gábor ni Eszter ni *Teddy* leen los periódicos! Bueno, al rato se acabó todo. Por la tarde ya estaban más tranquilos.

Pasan por debajo de los castaños, por la calle ancha y serpenteante que conduce a su casa. En el café de la esquina, unos parroquianos toman mosto; en la calzada hay montones de hojas caídas. Kristóf avanza lentamente y Hertha va medio paso por detrás.

Sí, a veces ocurre que los seres más inconscientes e instintivos se ponen nerviosos sin razón aparente. En esos casos hay que intentar tranquilizarlos. Kristóf no quiere saber nada del pánico de un animal salvaje, pero admite la existencia de un pánico supersticioso, de campesino, que aparece de repente sin motivo alguno en los seres vivos, sea cual sea su categoría; de todas formas, le ruega a Hertha que observe a los niños durante los días siguientes, por si tienen algún problema de digestión. En cuanto a *Teddy*... Kristóf se encoge de hombros y mete la mano en el bolsillo para buscar la llave de la casa. Hertha se apoya en el quicio y levanta la vista hacia el cielo: está lleno de estrellas que brillan como en las noches de verano; no hay ni una sola nube.

—¡Han sentido algo! —dice en voz baja, con terquedad, y a continuación lanza un bostezo.

Kristóf no dice nada; deja pasar a Hertha, cierra la puerta y en el último momento echa un vistazo al cielo estrellado y piensa con alivio que el día, ese día tan extraño, un poco «inmoral» y «nervioso», ha llegado a su fin. Ya es de noche.

108

11

La luz del recibidor está encendida. Trude está en camisón y bata, sentada en el baúl alemán, una antigüedad que Hertha trajo de Baviera a la vuelta del verano; su cara refleja sueño y temor a la vez.

—¡Hay un señor que está esperando al señor juez! —dice en tono asustado, con confianza pero con un visible sentimiento de culpa, volviendo sus rubias facciones estirias hacia los señores con familiaridad y coquetería campesina.

Trude es un miembro más de la familia. Su padre es el jefe de correos de la localidad de Mürzzuschlag; por Navidad y por Semana Santa les envía siempre la misma tarjeta postal, una reproducción en color del único monumento del pueblo, el Rosegger Stube. Trude es una buena chica, come con ellos en la mesa del salón, pero al mismo tiempo no tiene reparos en lavar la ropa de los niños. La esposa del general no le tiene mucho aprecio; dice que es una histérica porque tiene «visiones» antes y después de la luna llena, y a los niños les cuenta cuentos extraños, sobre un ciervo azul y sobre unos hombrecitos que viven en el fondo del mar. «*Visionen hat sie, die Jungfrau von Orleans!*», «¡La doncella de Orleans tiene visiones!», dice la esposa del general con desprecio. Pero los niños quieren mucho a Trude y les encanta el cuento del ciervo azul (en sus cuentos, cada animal tiene un color; el oso, por ejemplo, es rojo oscuro, pero no se sabe a qué responde esa extraña asignación de colores), escuchan emocionados sus historias y sus visiones y las completan a su gusto. La muchacha está pálida y parece asustada.

—¿Un señor? ¿A estas horas? ¿Quién? —pregunta Kristóf sorprendido, sin pararse siquiera a tomar aire.

Hertha aprieta su abrigo contra el pecho en un ademán de defensa.

—¿Un hombre? ¿Un desconocido en casa por la noche? —Hablan en voz baja, susurrando, en tono confidencial.

—Sí —responde Trude—, un señor. El señor juez debe disculparme, yo no lo comprendo, no comprendo nada, he tenido que dejarlo entrar. Ha llegado alrededor de las nueve; los niños se encontraban ya en la cama y yo iba a lavarme el pelo cuando ese señor ha llamado a la puerta. Por supuesto que al principio no lo dejé entrar, no se me hubiera ocurrido nunca, le dije que el señor juez no recibe en casa y que además yo no lo conocía, que nunca antes había estado aquí, e insistí en que el señor juez no recibe a nadie en casa.

—¿Pero a quién se le ocurre presentarse así? —protesta Kristóf nervioso mientras se quita el abrigo y el sombrero y los deja caer sobre el baúl.

Sus movimientos son un poco exagerados, denotan irritación. Está visiblemente desconcertado. Con los ojos abiertos como platos, Trude continúa su explicación; las palabras fluyen de su boca con rapidez, como cuando cuenta una de sus visiones, entusiasmada y misteriosa.

—Un señor, sí, no es ni joven ni viejo, es más o menos de la edad del señor, quizá un poco más viejo. Sí, mucho más viejo. Pero sólo su rostro…

Trude habla de forma incoherente. Hertha se acerca a ella y con su mano enguantada, con decisión y fuerza, agarra el brazo de la muchacha. Con el apretón, Trude parece volver en sí; baja la cabeza, mira fijamente por un momento la alfombra persa que cubre el suelo del recibidor y después empieza a responder a las preguntas de Kristóf con un tono neutro y sosegado, como alguien que hubiera perdido sus ilusiones. Su voz refleja decepción e indiferencia. El apretón de Hertha la ha hecho volver a la realidad desde el mundo de sus visiones. ¡Claro, ellos no creen en las visiones!, parece decir su mirada ofendida. Un minuto más en ese estado emocionado y febril, y lo habría contado todo sobre aquel señor; habría definido su color, un color entre azul y verde, y habría añadido que a ese señor extraño lo espera un canguro en el patio del edificio, pero eso no conviene que lo sepa nadie porque podría «despertar rumores entre los vecinos». Hertha mantiene agarrado el brazo de Trude, y ella responde ahora con objetividad, dolida.

—Sí, ha llegado a las nueve. Parece un señor distinguido. Aquí están sus guantes y su sombrero.

Efectivamente, encima del baúl hay un sombrero gris y unos guantes del mismo color: parecen el *corpus delicti*. A esas horas y en esa casa, esos objetos parecen ajenos a todo, hacen pensar en un intruso. Kristóf, con un movimiento espontáneo, se acerca al baúl y coge el sombrero con las manos; lo observa por un lado, por otro: no está del todo nuevo pero es un buen sombrero, parece pertenecer a un señor distinguido… Y vuelve a dejarlo sobre el baúl.

—No —dice Trude—, el hombre nunca había venido antes. ¿Su nombre? ¿Su tarjeta de visita? ¡No, no ha dicho su nombre!

—¡Qué estúpida! —dice Hertha, enfadada. Hablan en voz baja, susurrando agitados, inclinándose el uno sobre el otro como si estuvieran tramando un complot. ¡Esto es demasiado!, piensa Kristóf. Llego a mi casa casi a las once de la noche y me encuentro a un desconocido... ¡Esto es allanamiento de morada! Bueno, lo cierto es que hay un policía en la esquina...

—¿Y tú dejas entrar a un desconocido en casa, así, sin más?

Trude se encoge de hombros:

—¡Créame, señor, he tenido que dejarlo entrar!

—Pero ¿por qué? ¿Qué ha hecho? ¿Te ha amenazado? —pregunta Hertha de repente.

—¿Amenazarme? —repite Trude con aire pensativo—. No, no me ha amenazado, pero he tenido que dejarlo entrar, no sé por qué. Llegó hacia las nueve, llamó a la puerta, se quedó parado ahí mismo, con el sombrero y los guantes en la mano, con esa cara de viejo..., y quería entrar a toda costa. Dijo que era un amigo, que conocía al señor, que son amigos. Y entonces entró. Ahora está sentado en el salón verde...

Trude siempre tan atenta a los colores. Con tanta explicación absurda, Kristóf y Hertha se miran perplejos, pálidos, indignados.

—¡Entra por allí —dice Kristóf—, por la habitación de los niños! Yo iré después...

Hertha comprende enseguida, asiente con la cabeza. Se acercan juntos al «salón verde», el saloncito para las visitas, y pegan la oreja a la puerta. No se oye nada al otro lado; el silencio absoluto que reina en el salón donde está el extraño es casi aterrador. Por debajo de la puerta se filtra la luz.

—Sea quien sea, no te pongas nervioso —le susurra Hertha.

Kristóf asiente con la cabeza, acaricia el brazo de su esposa y señala con un gesto la habitación de los niños. Se endereza, pone la mano en el picaporte, abre y se queda en la puerta. El hombre está frente a la ventana, con las manos juntas detrás de la espalda, mirando hacia la calle a oscuras. Se vuelve despacio, se acerca a Kristóf con pasos decididos pero con calma y se detiene bajo el haz de luz de la lámpara. ¡Es el doctor Greiner, Imre Greiner! Su rostro le resulta familiar, como todo lo que llega desde los míticos tiempos de la juventud, y al mismo tiempo terriblemente extraño. ¡Ha envejecido, sin duda!, piensa. Se observan largamente. Imre Greiner está un poco encorvado, con el cuerpo echado hacia delante, la cabeza ligeramente inclinada hacia atrás y los brazos caídos a los costados; su mirada suplicante refleja impotencia. El rostro conocido es gris y serio, tan serio como si una mano invisible hubiese borrado de él toda huella de sentimiento, tan serio como el rostro de una momia.

Kristóf Kömives se queda esperando a que el otro empiece a hablar, a que dé alguna explicación, como mandan las normas de urbanidad, a que diga alguna frase hecha que los ayude a pasar los primeros momentos de esa visita intempestiva y desapacible. Al fin y al cabo es un «amigo», el anfitrión no lo puede echar. Pero ¿por qué no dice nada? ¡Que se disculpe, que se explique, que diga algo! El otro no suelta palabra. Ni siquiera se saludan, sólo se observan. ¿Quién es este hombre?, se pregunta asustado. ¡Lo conozco y no sé quién es! ¿Qué le habrá ocurrido? ¿Por qué calla? No sabía que alguien pudiese callar así…

Kristóf sigue esperando una frase de disculpa, una frase de cortesía, mientras prepara su respuesta: se mostrará muy educado, dentro de las circunstancias, claro está, pero naturalmente le pedirá una explicación, una explicación cualquiera, la que sea, porque una amistad de la infancia no es razón suficiente para cometer allanamiento de morada...

La frase de disculpa no llega y la mirada suplicante, febril de Imre Greiner no se apaga; entonces comprende que ese hombre tiene «derecho» a estar allí, delante de él, de noche, en una casa extraña; tiene todo el derecho aunque nadie se lo haya otorgado, aunque tal derecho no aparezca en los códigos legales ni en los manuales de buenos modales. Simplemente tiene derecho a estar allí y él no puede evitarlo.

—Tengo que hablar contigo —dice Imre Greiner.

No le ofrece la mano pero se inclina un poco, distraído. Ese gesto de urbanidad tranquiliza a Kristóf. Los reflejos que dicta la buena educación parecen estar funcionando; no ha habido ningún terremoto, no se ha derrumbado el cielo y él siente un gran alivio, casi entusiasmo; espera a que le diga algo más, se acerca, le da la mano indeciso, retraído. El doctor Greiner coge la mano de Kristóf sin darle importancia al saludo y la suelta de inmediato, un tanto molesto, como quien sabe que esos gestos no tienen ninguna importancia pero son inevitables, porque hay convenciones que siguen estando vigentes incluso en esa situación y a esas horas. Empieza a hablar con una expresión de hastío y desagrado, como si estuviera harto de esa especie de introducción, aun a sabiendas de que es necesaria: aunque el volcán haya entrado en erupción, aunque el barco se esté hundiendo, hasta en el último momento hay gestos, hay palabras, hay sonrisas que mantienen su validez. No se pueden tirar por la borda las bases de la civilización. Incluso el que se ahoga está obligado a presentarse a su salvador...

—Naturalmente, te acuerdas de mí —dice decidido—, soy el doctor Greiner. En el colegio estuve sentado detrás de ti, en la tercera fila, durante seis años.

La explicación, detallada y precisa, irrita a Kristóf. A esas horas está fuera de lugar. Por fin ha encontrado un motivo para enfadarse: no es normal que alguien se ponga a hablar de «la tercera fila» a medianoche en una casa ajena, así que mira al otro con frialdad y altanería.

114

—Sí —replica—, Imre Greiner. Bueno... ¿A qué se debe...?

El médico rectifica, se muestra cortés, casi sumiso.

—¡Te lo ruego, así no! —dice en voz muy baja—, sé que te debo una explicación, que debo decirte algo de lo que suele decirse en estos casos. Al parecer, es inevitable. —Suspira profundamente, muy profundamente—. Tienes que disculparme —continúa con el mismo tono de voz—. Te aseguro que no habría entrado en tu casa a estas horas si no fuera... si no fuera por una necesidad imperiosa..., es decir..., si hubiese otra solución...

Trata de encontrar las palabras, está buscando palabras claras y concisas. Pronuncia unos cuantos lugares comunes en voz baja, humildemente pero con una expresión de disgusto, casi de asco. Es como si tuviera que inclinarse con cortesía antes de tirarse a un precipicio, piensa Kristóf. Le gustaría ayudarlo. Sin embargo, Imre sigue intentando respetar las normas, hilvanando poco a poco las palabras, como si tuviera que vencer muchos obstáculos, hasta que consigue balbucear a duras penas unas frases de cortesía.

—¡Por supuesto, habría sido más correcto ir a verte al despacho! Pasé por allí alrededor de las siete, creo...

Ese indeciso e incierto «creo» conmueve a Kristóf, es como si alguien le hubiera dicho: «Creo recordar que esta mañana todavía estaba vivo» o «Creo que una vez estuve en América». ¿Qué le ocurre a este hombre?, se pregunta. A primera vista parece absolutamente normal... De repente, Kristóf experimenta la sensación de superioridad del hombre sano y todo sentimiento de hostilidad desaparece; ahora sólo ve en él a un hombre débil y desesperado, al conocido al que le ha ocurrido algo malo, y siente que debe ayudar, tiene que actuar con rapidez, allí mismo, en ese preciso momento, suministrarle los primeros auxilios...

—¡Siéntate, por favor! —le dice, dispuesto a socorrerlo—. Seguramente tu visita tiene razones serias. Siéntate —señala uno de los sillones.

—Sí, muy serias —repone el médico, pero no se sienta—. He llegado a tu casa hacia las nueve. La chica me ha dicho que no tardaríais en llegar. Por favor, discúlpame ante tu mujer... No he podido hacer otra cosa. Tengo que hablar contigo esta misma noche. Pero me temo que no va a ser fácil. Quiero contarlo todo. Por eso he venido.

Kristóf le pone la mano en el hombro con un gesto espontáneo, paternal, amistoso, un gesto «sano», pero la retira enseguida.

—Claro que sí… —dice sin convencimiento—. Pareces alterado. Como quieras... Aunque quizá mañana... Aquí o en mi despacho... No sé lo que ha ocurrido, pero creo que si estuvieras un poco más tranquilo...

Es él quien se ha puesto nervioso, el médico parece haber recobrado la calma.

—No, mañana ya sería tarde —contesta indiferente—, no podré presentarme en tu despacho. Tengo que contártelo esta misma noche. Además, también tiene que ver contigo.

Kristóf se pone pálido. Las palabras del otro son tan directas como si lo hubiese tocado con la mano.

—¿Conmigo? No puedo ni imaginar de qué se trata...

El otro asiente con la cabeza.

—Sí, es difícil de creer —reconoce—, esta mañana ni yo mismo hubiera pensado que por la noche estaría aquí, delante de ti —prosigue con un tono sosegado, objetivo, como si estuviese relatando algo que ya ha pasado, un hecho real—. ¿Sabes que vivimos aquí cerca? Dos calles más abajo. En la calle Bors —precisa, como si fuera una buena noticia que sirviera para poner de buen humor al anfitrión—. Al venir hacia aquí me he dado cuenta de lo cerca

116

que vivimos. Nosotros llevamos ocho años en el barrio. ¿No te parece extraño?

Kristóf responde fríamente, aceptando su papel de anfitrión:

—Sí, lo es.

—¡Vivir tan cerca y no saber nada el uno del otro! —exclama el visitante, un poco patético, y lanza una risa forzada—. Estos últimos días he pensado mucho en ti. Sabía que ibas a dictar sentencia en mi divorcio de Anna. —Como Kristóf no reacciona, añade—: Sabes a qué me refiero, ¿no? Te estoy hablando de Anna, de mi mujer. —Kristóf asiente con la cabeza, un tanto retraído—. Habrás visto los papeles del divorcio. Estábamos citados para mañana a mediodía.

Kristóf baja la cabeza, se mira la punta de los zapatos y dice en tono seco:

—Sí, ya lo sé, pero si quieres hablarme de eso..., de cualquier asunto legal... Quizá fuese mejor hacerlo por la vía oficial...

El médico empieza a andar por el salón como si estuviera en su propia casa, con las manos juntas detrás de la espalda y el tronco inclinado hacia delante. Su comportamiento deja perplejo a Kristóf, que empieza entonces a estudiar al antiguo compañero de clase: está muy delgado, la ropa le cuelga ocultando sus formas. Las manos son finas, huesudas, fuertes. Lleva un traje azul marino y zapatos negros, tiene un aspecto ligeramente solemne. Su cabeza, la cabeza que Kristóf recuerda, no parece haber cambiado, sigue teniendo el mismo rostro enjuto de rasgos marcados; sólo han envejecido sus ojos. Imre Greiner es un hombre de baja estatura, quizá un palmo más bajo que Kristóf. Se detiene por un instante, mira de reojo al anfitrión y alza la vista al techo.

—La sesión de mañana no va a poder celebrarse —anuncia con calma, lanzando las palabras al aire.

Kristóf se dispone a colaborar:

—Si puedo hacer algo por ti...

No puede terminar la frase, pues el otro lo interrumpe y repite en tono grave, apagado:

—La sesión de mañana no va a poder celebrarse porque hoy he matado a mi esposa.

Y vuelve a mirar al techo con el cuerpo encorvado.

12

Kristóf se dirige a la habitación de los niños y acerca la oreja a la puerta. Del otro lado le llega la voz tranquila y sosegada de Hertha: está hablando con sus hijos; luego se hace el silencio. El reloj que hay encima de la cómoda da las doce y media. Va hacia el estudio, abre la puerta y con un leve gesto invita a entrar a Imre Greiner. En el interior reina el desorden del mediodía: en el sofá está la manta con la que se cubrió después de comer para leer y dormitar unos minutos; en su escritorio hay papeles esparcidos, y, en un extremo, un cenicero repleto de colillas.

Se sienta junto al escritorio y con gestos mecánicos ordena algunos objetos, después coge el abrecartas de latón en forma de puñal, juguetea con él y, haciendo un gesto instintivo, tal vez inconsciente, lo agarra como si fuera un puñal de verdad y apoya el codo en el escritorio. Le gustaría encender un cigarrillo, pero no acaba de decidirse. Hasta hace un instante todavía albergaba la esperanza de que Imre Greiner estuviese desvariando, de que le hubiese dado un ataque de locura y que no fuese cierto lo que acababa de decir, que quizá sería suficiente decirle que sí a todo hasta que se calmara, pero ahora sabe, aunque no tenga «pruebas legales», que cada palabra de las que ha pronunciado el hombre que está sentado delante de él, ligeramente encorvado, con los codos encima de las rodillas y el rostro escondido entre las manos, cada sílaba es la pura verdad: ha matado a su esposa.

¡Anna está muerta!, piensa Kristóf, e intenta imaginar el rostro de la mujer muerta pero sólo ve el otro, el rostro que se volvió hacia él en la penumbra del paseo de la isla Margarita, aquel rostro que parecía querer preguntarle algo o bien darle una respuesta. No se siente conmovido. No siente nada en absoluto. ¡Tengo que afrontar la situación! ¡Tengo que escucharlo! Si es cierto que... Desgraciadamente, seguro que lo es.

Imre saca de un bolsillo su pitillera de plata y se lía un cigarrillo con hábiles movimientos. Kristóf le ofrece fuego; el otro se lo agradece.

De repente, Kömives se da cuenta de que el médico fuma con la misma avidez del acusado ante el juez, como hacen los criminales cuando los conducen ante el juez para prestar declaración después de haber pasado meses en la cárcel y les permiten fumar mientras declaran. Él decide no fumar, en ese momento no sería muy educado por su parte. Se siente como si estuviera en el juzgado: tiene que «arreglar» algo, establecer los hechos, pronunciar un veredicto... Está actuando en su condición de juez. Se echa para atrás en el sillón y cruza los brazos sobre el pecho, aún con el abrecartas en la mano. Durante largos momentos se queda inmóvil, inabordable, con una firme actitud de espera. ¡Tengo delante de mí a un hombre!, piensa. Imre está sentado con el rostro apoyado en las manos, el cuerpo echado hacia delante, los codos sobre las rodillas y los ojos fijos en la alfombra; luego levanta la vista y mira con cautela a su alrededor. Kristóf sigue su mirada. Enfrente del escritorio, con un marco dorado de madera labrada, cuelga el retrato del abuelo, «Kristóf I», pintado por un tal Barabás. La cabeza de aire romántico, el rostro de ojos severos y un tanto irónicos, los labios finos, apretados, recuerdan a un clérigo de finales del siglo XVIII: el retratado tiene el aspecto de un abad. Imre observa largamente la frente alta, los ojos inteligentes y comprensivos. En las paredes se alinean los estantes llenos de libros del Corpus Juris, con cubiertas de cuero y letras de oro. El reloj de péndulo del rincón está parado. El médico intenta conocer el estudio del juez, el lugar donde pasa buena parte de su vida. Entre los dos está ocurriendo algo, algo tan importante y decisivo que no se puede expresar con palabras: los dos hombres toman posiciones, forjan sus estrategias, miden sus fuerzas. Entre ellos se va creando una especie de corriente. ¡Tengo delante de mí a un hombre!, piensan los dos. Se sienten como el viajero que, de improviso, lee en el cartel de la estación donde el tren se ha detenido el nombre de una ciudad conocida que había olvidado hasta entonces. ¿Qué vida se esconderá tras el nombre de esa ciudad? ¿Seguirá habiendo un orden o se habrá apoderado de sus habitantes una vida incontrolada, propia de una tribu?

El juez tiene la incómoda sensación de que el asunto que le van a exponer a esas horas de la noche no le incumbe. La situación es totalmente irregular y contraria a las normas de procedimiento legal. Él tenía previsto dictar sentencia por la mañana, decretar la disolución del matrimonio de dos personas, no encontrarse en medio de la noche, en su domicilio, cerca de la habitación donde duermen sus hijos y frente al retrato del abuelo, juzgando a una de las partes, que declara haber matado a la otra.

Sentado en una postura rígida, con los brazos cruzados sobre el pecho, el juez observa al acusado; su actitud refleja la esencia de la «escuela Kömives». Este asunto no me incumbe, piensa. Si es verdad que la ha matado, el divorcio se convierte automáticamente en un proceso penal y eso ya no es asunto mío, corresponde a otro juzgado, a otro juez... Sin embargo, tiene la sensación de que no puede hacer otra cosa, de que debe llevar a cabo la investigación criminal. La vida, a veces, es contraria al procedimiento judicial, piensa malhumorado, y con el ceño fruncido contempla esa «vida irregular» que ha irrumpido en su estudio en mitad de la noche y ha originado un juicio contra toda norma, contra todo procedimiento. Contempla a Imre Greiner desde arriba, con una mirada de prudencia que empieza a ser la misma que dirige a sus acusados, y piensa: tengo delante de mí a un hombre. Ahora va a contármelo todo. Mentirá, sufrirá, negará, pensará que está diciendo la verdad pero mentirá. Y al final, vencido, lo confesará todo. Al final todos confiesan... Con un ligero estremecimiento se da cuenta de que el juicio acaba de comenzar y de que el otro tendrá que confesar la verdad, como hacen todos, incluso él. Tose quedamente, como diciendo: «Se abre la sesión.» Imre Greiner levanta la mirada ante esa tos que lo invita a empezar.

—Murió alrededor de las cuatro. —Lo ha dicho deprisa, como si fuera una confidencia, sin ninguna entonación especial. Con un tono así sólo puede estar hablando de hechos definitivos, inalterables. El juez lo sabe bien y pone atención—. Su cuerpo está en mi casa, en el consultorio. Lo he dejado en el diván. No es un cadáver hermoso. La mayoría de las personas se vuelven hermosas con la muerte, pero estos casos de muerte por veneno, con cianuro... Ayer por la noche estaba muy hermosa todavía. No recuerdo cuándo fue la última vez que la vi tan hermosa. Llevaba seis meses sin verla. Me llamó por teléfono, hacia las siete. Me dijo que quería hablar conmigo antes del juicio de mañana... Si en ese instante me hubiese mostrado más resuelto, si no hubiese cedido, si me hubiese ido de viaje de repente o simplemente me hubiese marchado de casa, si la

122

hubiese tratado de forma grosera... tal vez ahora seguiría viva. Sin embargo, al oír su voz yo también tuve la sensación de que estaría bien hablar antes del divorcio. Los seres humanos somos débiles. Me dio la impresión de que el encuentro de mañana sería más soportable si la veía antes. Durante los últimos días he estado pensando mucho en nuestro encuentro. Te imaginaba a ti en tu sillón de juez, y a nosotros dos frente a ti, Anna Fazekas e Imre Greiner, y tú, precisamente tú, Kristóf Kömives, declarando que nosotros dos ya no somos marido y mujer ni ante los seres humanos ni ante Dios.

Ese «precisamente tú» no le ha gustado al juez. Sus manos se crispan; le gustaría coger algo pesado y llamar al orden, protestar. Le gustaría decir: Vayamos por partes. A eso todavía no hemos llegado. Ni vamos a llegar nunca. Nada de intimidad, por favor. Te agradecería que no entrases en cuestiones personales. ¿A qué viene ese «precisamente tú»?

Entre los dos se advierte esa pregunta. El juez tiene la sensación de que hay muchas preguntas aún sin formular entre ambos. De pronto llega una persona del pasado y éste deja de existir, ya no hay «partes», no hay circunstancias que alegar; tan sólo existe la realidad, una realidad tangible que se impone a todo, aunque no se la pueda nombrar.

—En unas horas me arrastrará el engranaje —prosigue el otro—, quiero decir que se pondrá en marcha la extraña maquinaria de la justicia. Me interrogarán. Me interrogará alguien que, en el mejor de los casos, no sabrá más de mí que lo que yo le cuente y lo que las pruebas le revelen. Tomará nota de los hechos, me hará preguntas, yo contestaré; los policías y los fiscales encargados del caso se presentarán en el lugar del crimen, el cuerpo de Anna está en el diván. ¿Y después? ¿Qué ocurrirá después? Yo lo contaré todo, pero ¿qué respuesta podrán darme ellos? Alguien tendría que darme alguna respuesta. —Su voz es cada vez más baja—. Hace unas horas yo era todavía un médico, un médico en ejercicio. Mi nombre, mi dirección y mi número de teléfono figuraban en la guía. Yo había hecho un juramento, había jurado servir a los hombres, ayudar a los que necesitasen asistencia médica. Y los he ayudado. Son muchos los que han llegado a mi consulta lamentándose y han salido de ella curados o con posibilidades de curación porque les he recetado algún medicamento, porque les he prescrito unos análisis o porque los he mandado al quirófano para que les abrieran el vientre. Todo eso se ha acabado para mí. Yo ya no puedo ayudar a nadie. Pero esta noche todavía me pertenece. Por eso he venido a verte. Dentro de unos minutos, dentro de algunas horas no me quedará nada. Bueno, eso también depende un poco de ti. Ahora podría decir que ya no me importa nada, que ya nada tiene importancia..., que la vida se ha acabado para mí. Pero, en el fondo, no estoy seguro de que se haya acabado de verdad. Quizá por la mañana tenga ganas de vivir, incluso sin Anna. La vida es muy fuerte. Eso es algo que conozco bien. Pero, en este momento, lo único que quiero es saber la verdad. Tú sabrás seguramente lo difícil que es eso de saber la verdad. Por la mañana empezará algo que no tiene nada que ver con mi verdad. Me harán preguntas y yo contestaré. Me pedirán mis datos personales, el nombre y los apellidos de Anna, su edad, su religión; y luego me preguntarán por qué, cuándo, y no comprenderán. Primero me interrogará un funcionario, luego, el juez instructor, después los expertos, y, al final, los superiores de los expertos. ¿Por dónde tendré que empezar? ¿Qué debería decirles? Por la mañana, cada palabra adquirirá otro significado. No protestes. Sé con certeza que por la mañana ya no podré contar nada.

Como Kristóf calla, él continúa:

—¿Qué hora es? ¿Las doce y media? Entonces, todavía me queda tiempo. Te arrebataré esta noche. No te lo tomes a mal, tú también has hecho un juramento. A mí me han despertado muchas veces en mitad de la noche, me han hecho levantarme del lado de Anna y me han llevado a casa de un hombre que sufría; algunos gritaban, querían saber la verdad, toda la verdad y nada más que la verdad, la verdad sobre la vida y la muerte. He tenido que permanecer sentado junto a ellos durante noches enteras. Ahora soy yo el enfermo, y quiero saber la verdad. Tienes que soportar mi enfermedad. Has hecho un juramento, has jurado servir a los hombres. Intentaré explicarte lo que quiero decir. Imagínate que eres médico y que una noche te llaman al lado de un hombre que grita de dolor, un hombre enfermo que necesita un médico a toda costa, a cualquier precio. Pues yo necesito un juez esta noche. Créeme, es difícil de explicar... Necesito un juez que esté de guardia esta noche. Los jueces que juzgan de día son diferentes. Juzgan como pueden. ¿Qué otra cosa podrían hacer? Pero esta noche necesito un juez que baje de su sillón y tome parte en el juicio de una manera distinta de como lo hace de día, un juez que no sólo juzgue desde arriba, desde la altura de las leyes. Necesito un juez que, en cierto modo, sea acusado, fiscal, abogado defensor y juez, un juez imparcial. ¿Me comprendes? No, no me comprendes. Es difícil de explicar. Los médicos de urgencias también están despiertos toda la noche, listos para socorrer a los hombres cuando sucede algo terrible en algún lugar... Después de matar a Anna, al comprobar con mi estetoscopio y con las normas que prescribe mi profesión que había muerto Anna Fazekas, la mujer que yo amaba, la mujer con quien he vivido durante ocho años, con mi cuerpo al lado de su cuerpo, con mi alma al lado de su alma (pero sólo al lado, ¿comprendes?), me di cuenta de que algo había acabado para mí también, de que no solamente había terminado la vida de Anna Fazekas o la convivencia de Anna Fazekas con Imre Greiner. Hay algo en la vida de los seres humanos que quizá sea más importante que la mera existencia física y que, en momentos así, se acaba, termina definitivamente. Como si ocurriera un accidente, un instante de desorden en la creación. Bueno, esto son sólo palabras. El hecho es que Anna está muerta. Yo estaba allí, con la camisa remangada y una jeringuilla en la mano, y entonces empapé un algodón en éter y me desinfecté la piel con un estúpido reflejo médico... ¿Ves? Eso es lo más triste, esa fidelidad desesperada a la práctica médica: hay que ser «profesional» hasta el final. Me estaba preparando para la muerte y hasta en el último momento cuidaba de administrarme la dosis letal siguiendo el protocolo... Iba a morir y estaba tomando precauciones para evitar una infección. Me quedé sorprendido. Advertí que seguía siendo médico aun en esas circunstancias, cuando ya sólo se trataba de mí. ¿Sólo de mí? ¡Con qué ligereza utilizamos las palabras! Sé que estoy hablando como si estuviera borracho. Conozco bien esta «borrachera seca», la he visto muchas veces, la he estudiado a menudo... Tendrás que disculparme, pero tú eres el juez, tú tendrás que destilar de este delirio la realidad... Por eso he venido. Es un delirio frío, porque puedo entender cada palabra que digo. El hecho es que en ese instante, con la jeringuilla en la mano, comprendí que todavía no había llegado el momento. No creas que me asusté... Se trata de otra cosa. No le tengo miedo a la muerte..., o, por decirlo con mayor cautela, ya no le tengo tanto miedo. A veces, me entra hasta curiosidad. Es más, creo que en nuestro fuero interno, en el fondo de nuestra alma, como base de cada uno de nuestros actos se encuentra esa curiosidad, ese deseo, el deseo de desaparecer... Es un sentimiento muy fuerte. Es más fuerte que el placer, más fuerte que el amor, es el deseo más fuerte del hombre. Ya sé que no se debe hablar de esto. Te agradezco que no me lo hayas reprochado. ¿Ves? Si te dijera esto durante el día, me llamarías la atención con unos golpes de martillo. «Ruego al acusado que no divague.» Por eso digo que necesito un juez que se atreva a pronunciar un veredicto durante la noche.

—Yo soy el mismo juez durante el día que durante la noche —afirma Kristóf Kömives en voz baja, con absoluta frialdad.

En su entonación no hay ni un rescoldo de vanidad ni de enfado. Imre Greiner levanta la vista para mirarlo.

—Discúlpame. —Imre pide perdón con humildad, una humildad que molesta a Kristóf y despierta sus sospechas—. No quería decir eso... No me habría atrevido a ello si nuestra vieja amistad...

Kristóf conoce ese tono de voz. Es el falso tono de respeto y de humildad que utilizan los criminales. Todos los criminales lo emplean ante el juez.

—Escúchame —añade, seco y cortante, subrayando cada sílaba, como si estuviera hablando en un juicio—, todavía no sé lo que te ha traído aquí. Me acuerdo de ti vagamente..., muy vagamente. Es más de medianoche. Te confieso que no es mi costumbre..., nunca, con nadie, en ningún caso... Hace mucho tiempo que no nos hemos visto. Al fin y al cabo eres un amigo, un amigo de la infancia. Lo que has dicho antes..., que tú..., que tu esposa... ¿Qué has querido decir? Has venido, estás aquí sentado, ¡así que habla! ¡Dime lo que quieres si es que no hay más remedio! Todo lo que me estás diciendo sobre los juicios... es pura palabrería, si me perdonas la expresión. No te atreves a hablar de lo que te ha traído aquí... No hay dos tipos de jueces. La noche sólo tiene un juez: la conciencia. Yo no trabajo de noche, para eso están los juzgados de guardia. El veredicto, dices. Necesitas un veredicto. Amigo mío, el veredicto es algo grande, algo sagrado. Yo no puedo pronunciar veredictos guiándome por sentimientos o estados de ánimo. El veredicto es una cosa sublime. Nosotros, los seres humanos, los jueces y los acusados, somos sólo los instrumentos. El que juzga es otro...

Se calla. Su voz resuena dura en el gélido estudio. El médico lo escucha con la cabeza gacha, quizá con esa «falsa humildad» tan irritante. Kristóf continúa en un tono más suave, menos frío.

—No esperes nada del juez. Ni siquiera a estas horas. Sin embargo, si necesitas la ayuda de un amigo..., no te preocupes, no huiré, te escucharé. Anímate, amigo mío. Sea lo que sea lo que ha pasado, intentemos seguir siendo lo que somos: hombres honrados, cristianos, húngaros. Creo que, en cierto modo, te conozco. Me acuerdo de ti. Tú no puedes ser un criminal. Ese acto horrible que me acabas de contar, no lo creo, ¿comprendes?, no puedo creerlo. Pero si es verdad, entonces..., entonces no te puedo ayudar. No puedo ayudarte ni hoy ni mañana, nunca. El juez, como acabas de decir, no puede ayudarte. Aun así, si puedo ofrecerte mi compasión, mi consejo... Somos humanos, pero eso no sirve de disculpa.

Su voz suena apagada, parece agotado. Hace mucho tiempo que no hablaba tanto en privado. El médico alza la cara y lo observa con atención, pero el juez sigue pensando que lo mira con esa humildad fingida y pérfida. La «falsa» mirada de los acusados, de los criminales... Sin embargo, hay algo que... Está incómodo, casi angustiado.

—Sin embargo, hay algo que no comprendes —repite Imre, en voz alta—. ¿No quieres actuar como juez? ¿No está permitido? ¿Algo te lo prohíbe? Está bien...

Ese «está bien» frívolo e indiferente saca al juez de sus casillas. Se mueve con la firme intención de levantarse e indicarle la puerta al otro. Nadie tiene derecho a hablarle así. Se siente ultrajado. Haya cometido o no el asesinato, no tiene ningún derecho a husmear de ese modo para saber su opinión. Pero el otro insiste con obstinación, testarudo y decidido.

—Habla tú, entonces. Háblame de lo que ves ahora mismo, sentado frente a mí, como testigo ocular. ¿Quieres saber por qué precisamente tú? Te lo explicaré. —Pero no lo explica. Y con un gesto inconsciente levanta la mano a la altura de su boca y se toca el labio inferior de un modo infantil, casi inocente—. Escúchame, Kristóf —dice con sencillez y amabilidad—, en este instante todavía soy dueño de mí mismo. Puedo matarme, por ejemplo. O puedo tomar un tren, todavía estoy a tiempo de huir. O puedo entregarme en la comisaría más cercana. En este instante yo dispongo de la vida y de la muerte. ¿Comprendes ahora lo valiosa, lo enormemente valiosa que es esta noche para mí? ¡Cada uno de sus minutos! Te confieso que tengo el pasaporte en el bolsillo, el pasaporte y también dinero. Antes de salir de allí..., de casa..., me he echado al bolsillo todo lo que esta noche pudiera necesitar. Pasaporte, dinero y... y esto.

Saca del bolsillo algunos objetos y los deposita en el borde del escritorio: una vieja cartera de cuero marrón, un pasaporte, un frasco lleno de un líquido transparente y una jeringuilla. El juez los mira inmóvil, desde arriba, desde muy lejos, sin demostrar que los está viendo.

—¿No te parece —pregunta con tono compasivo— que todo esto así, todo junto, es un tanto pueril?

La mano del otro se detiene en el aire.

—¿Pueril? ¿Quieres decir con eso que la intención ya está muerta en mí, que soy un cobarde y que me he echado atrás? ¿Quieres decir que el que pretende suicidarse no enseña sus utensilios? Claro, yo no quiero morir. Si se puede vivir..., si hay alguna posibilidad, tan sólo una remota posibilidad...

El juez contempla desde más arriba aún los objetos; el hombre le resulta totalmente desconocido. Luego, con una voz sin inflexiones, dice:

—Hay algo peor que la muerte. Guarda esos… utensilios.

Por primera vez se observan con cierta hostilidad. El médico se inclina hacia delante y lo mira a los ojos con la curiosidad y la determinación de alguien que tuviera un arma en la mano. El juez siente que su rostro se congestiona.

—Utensilios —repite el médico—. Es difícil dialogar contigo —añade, como si hablara solo—. Admite, por lo menos, que soy sincero. ¿Pero qué valor tiene para ti la sinceridad? Probablemente es sólo una variante de la cobardía. Sí, desde luego, te imaginaba así.

El juez se sorprende de que tal conclusión espontánea no lo ofenda; es como si su cuerpo y su alma se hubiesen vuelto insensibles, no siente nada; podrían pincharlo con una aguja. Un intruso, un desconocido en su casa en medio de la noche, se pone a criticarlo, a insultarlo incluso, y él no siente nada en absoluto. Ahora sabe con exactitud que va a escuchar a ese hombre. Quizá sea un criminal. Quizá sea un demente. Quizá sea un payaso. Ya no siente pena por él, tampoco desprecio, solamente curiosidad. Este asunto no me incumbe, piensa. Es un accidente. Lo arreglaremos enseguida. Kristóf habría deseado recoger los «utensilios» con un solo movimiento, arrojarle esos objetos sospechosos al intruso, enseñarle la puerta y decirle que se fuera inmediatamente junto con su culpa o con su inocencia, junto con su secreto. ¿Qué tiene él que ver con todo eso? Nada. Y, sin embargo, se asombra al comprobar que sigue aguantándolo, tolerándolo. Comprende que tiene algo que ver con él, que poseen algo en común. Algo más que lo habitual con un antiguo compañero de clase, con un conocido cualquiera a quien acaba de ocurrirle una cosa irremediable o, tal vez, un malentendido. Pero a él ya no le interesa si es culpable o inocente; ni siquiera experimenta el sentimiento humanitario de alguien que en su camino se topa con un herido. Ahora le importa la persona, el hecho de que esté allí sentado, el hecho de que tengan algo que ver el uno con el otro.

—Es completamente imposible para mí morir o vivir así —dice el médico—. Así no se puede ni morir. La confesión no lo es todo. La confesión precisa una respuesta, un veredicto, aunque te moleste la palabra. Sin tener un veredicto no se puede morir, y tampoco vivir. Esta mañana todavía no lo sabía. Se trata simplemente de esto: tengo que saber si soy o no soy inocente. ¡Inocente! ¡Qué palabra tan grande y poderosa!, pensarás. Sí que lo es. ¿Quién es inocente? Porque la religión enseña que el hombre nace ya con la culpa. Sin embargo, ¡yo he hecho todo lo posible! —alza una voz en la que resuenan la sorpresa y el terror—, ¡he hecho todo lo que un ser humano puede hacer! A veces hasta he conseguido ser casi bueno. Si hubiese sabido que en algún lugar había un hombre que habría podido ayudarla, se lo habría llevado. Hubo una época en la que yo mismo le presentaba a hombres... Pensaba que... No, eso tú no lo puedes comprender. Si hubiese sabido que padecía inclinaciones enfermizas, habría hecho todo lo posible para curarla, y si hubiese visto que no podía ayudarla, que sólo soy un médico... ¿Pero qué significa ser médico? Habría que ser mucho más que un médico... Ya sé que ofendo a Dios con lo que digo, pero… para poder vivir entre los hombres y ayudarlos habría que aprender algo del oficio del Señor... Si no, ¿qué sentido tiene todo? ¿De qué sirve poner una lavativa? ¿Y abrir un vientre? Si un diabético toma insulina, vivirá más. Una operación y un tratamiento pueden retrasar un proceso cancerígeno. Si pongo mucho empeño y presto atención constante, en unas semanas o en unos meses quizá

131

pueda salvar a una persona con un fuerte cuadro anémico, por grave que sea. Si estoy al alcance de la mano en el momento crítico, quizá pueda devolver la vida a un corazón que se para. Hoy en día sabemos muchas cosas. La mortalidad infantil ha disminuido de manera extraordinaria y la esperanza de vida en los adultos es muy superior a la del pasado. Pero ¿qué les ocurre a los seres humanos, qué hay detrás de sus vidas artificialmente prolongadas?, ¿por qué no las soportan, por qué están insatisfechos, por qué no se resignan? La muerte debe de ser maravillosa... La materia se consume y el alma lo admite. Sin embargo, yo nunca he visto una muerte así. Una vez, quizá... Era uno de mis antiguos profesores... Esperó hasta el último momento... Casi todas las muertes son como una explosión, como un homicidio. No es la naturaleza la que mata antes de tiempo. Somos nosotros los que matamos, a los demás y a nosotros mismos. —Se detiene delante del retrato de «Kristóf I» y lo contempla detenidamente, para concluir en voz baja—: Ese rostro es todavía diferente. Tú has heredado ese rostro, esa nariz, esa frente, esos ojos..., pero ese rostro refleja otros problemas, más fáciles de resolver. —Menea la cabeza—. Nunca habría imaginado que esta pregunta tan altisonante..., la pregunta sobre la inocencia..., pudiera llegar a ser tan real…, que no se pueda vivir sin una respuesta, ni tampoco morir; que primero haya que conseguir la respuesta… —Se acerca al escritorio y mira hacia abajo, a los ojos de Kristóf—. Tienes que permitirme que te lo cuente. Quizá hayas intuido ya que en estos momentos hay entre nosotros algo más que la simple huida de un hombre asustado. Tú también estás implicado, en cierta medida. Dime, Kristóf, ¿durante los últimos ocho años nunca has soñado con Anna?

Ahora es el juez quien no contesta. Fija la mirada en el médico con los ojos muy abiertos, con expresión sorprendida y triste.

13

—Tú no conocías a Anna —dice Imre con un ligero aire de superioridad. Se acerca a la estantería, cruza los brazos sobre el pecho y apoya la cabeza en los gruesos tomos de la enciclopedia inglesa—. Tan sólo hablaste con ella en cuatro ocasiones. —Y las enumera—: Una vez en el baile de la facultad de Derecho, cuando te la presentaron. Fue la primera y la última vez que bailaste con Anna. Era el segundo baile de la noche. Bailaste con ella una cuadrilla, aquella famosa cuadrilla... En el salón de baile del hotel Hungaria, ¿te acuerdas? —Kristóf asiente con la cabeza, inseguro y cauteloso—. Después del baile la acompañaste al bar del hotel y charlasteis sentados en los altos taburetes. Estuviste con ella una media hora. Había otra persona con vosotros, un joven abogado que pretendía a Anna. La segunda vez que la viste fue en la calle Szív, seis meses después del baile, a finales de abril, una mañana. Anna salía de su clase de inglés, tú, del despacho; la reconociste y la acompañaste a su casa. Le dijiste que la llamarías por teléfono. Pero no lo hiciste. La tercera vez fue en la isla Margarita. Jugaste con ella un partido de dobles. Salisteis juntos de las canchas y fuisteis caminando por la isla hasta la entrada a Buda del puente Margarita. Iba con vosotros la amiga de Anna, Irén, Irén Szávozdy, la que más tarde se escapó de su casa para casarse con un tenor, ¿te acuerdas? Se me ha olvidado el nombre del cantante... También os acompañaba el padre de la amiga, Pál Szávozdy, el diputado. Tú te fuiste a Austria a la mañana siguiente y no volviste a ver a Anna. Es decir, la viste otra vez, tres años después, cuando ya era mi mujer. Tú también te habías casado. Fui a la ópera con Anna, estábamos en el pasillo y de un palco saliste tú seguido de tu esposa. Todavía sonaba la música. ¿Te acuerdas?

Kristóf mira la penumbra y calla. Luego contesta en voz baja y ronca.

—Es extraño. Sí, claro que sí... Es verdad que ese tipo de encuentros sociales se olvidan pronto, pero, ahora que lo dices, me viene a la mente. Se representaba *Don Giovanni*. Me acuerdo.

—¿Y del otro encuentro, en la calle Szív? ¿Y del de la isla?

Kristóf responde con debilidad y prepotencia, como si hubiera estado sometido a un duro interrogatorio:

—La isla, sí... Claro que sí. ¿Dices Szávozdy? ¿Irén Szávozdy? Puede ser... ¿Pero en la calle Szív? ¿Por la mañana?

Se queda callado, como sorprendido. Ya no observa al médico. Sí, se acuerda del encuentro de la calle Szív. Fue un encuentro como los otros... Charlaron por cortesía social, guardando las formas, con educación. Quizá el tono era ligeramente más confidencial que las veces anteriores... De repente lo ha recordado todo. Fue a finales de abril. La mañana era muy luminosa, hacía calor. Caminaron hacia el bulevar. Iban hablando en inglés, es cierto, la joven venía de clase; ninguno de los dos hablaba bien el idioma y se divertían chapurreando en otra lengua. Kristóf incluso balbuceó unos piropos a la muchacha. En realidad tenía prisa; debía atender unos asuntos en el juzgado, se le estaba haciendo tarde... Anna había estado leyendo a Shakespeare con su profesora y le enseñó el libro: *Romeo y Julieta*. Kristóf miró su reloj, era tarde. Sin embargo, acompañó a Anna hasta su casa. Con un tono patético, exageradamente desesperado, citó unas frases de Romeo: «... *Let me be ta'en, let me be put to death; I am content, so thou wilt have it so*...», y Anna respondió en el mismo tono melodramático, orgullosa como una colegiala que se sabe la lección: «*O, now be gone; more light and light it grows!*...» Aquélla era, efectivamente, una mañana llena de luz, mucho más brillante que una mañana cualquiera de primavera. En la puerta de la casa de Anna se detuvieron y se dieron la mano. En momentos así hay que decir algo, una frase apropiada para ese instante, un instante que no tiene ningún propósito, ningún significado profundo, un instante que brilla por sí solo, como las gotas de agua de una fuente que caen bajo el brillo del sol..., unas gotas que caen y desaparecen. Sí, la habría llamado por teléfono. Se quedó mirando largamente, contemplando el instante en que la joven se alejaba. ¡Ya tendría que estar en el juzgado! Debía darse prisa...

—*O, now be gone* —recita Imre—, *more light and light it grows...*

Kristóf apoya los codos en el escritorio.

—Sí. ¿Cómo lo sabes?

Imre se encoge de hombros.

—Me lo contó ella.

—¿Cuándo? —El médico reflexiona.

—Anoche. Unas horas antes de que..., antes de que ocurriera eso. Anoche hablamos mucho de ti... —Ahora callan los dos. Luego el médico vuelve a hablar—. Tú no conocías a Anna; yo también tardé en conocerla. Además, ¿qué significa conocer a alguien? Tú te fuiste enseguida a Austria, unas horas después del encuentro en la isla. ¿Sabías que el viejo Szávozdy, el padre de Irén, insistía en hacerle la corte a Anna? Viejo, Dios mío... Entonces pensaba que era un viejo decrépito. Yo tenía veintinueve años, Anna veintidós y Szávozdy cuarenta y tres. Era un hombre de mundo, un vividor. Anna se reía de él. En cuatro años, no, espera, en cinco años también nosotros tendremos la edad del viejo Szávozdy. Ya sé que tú eres un poco más joven que yo. El diputado hablaba con esa voz de violonchelo que deja embelesadas a las muchachas, ya sabes, la voz de un galán de película, de un hombre maduro, la voz de las grandes pasiones... Quería divorciarse de su esposa, aunque al final no pasó nada. No sé si fue culpa o mérito mío, pero yo ya estaba cerca de Anna, como el aire, como su sombra, como la noche oscura. Yo era un joven médico que apenas tenía trabajo. Había recibido una herencia que sólo alcanzó para adquirir el instrumental imprescindible y hacer vida social durante uno o dos años. Aparte de eso, no poseía nada más. Sólo una invitación de seis meses a una universidad holandesa porque había publicado un artículo en una revista especializada extranjera sobre mis investigaciones biológicas; y el diputado me animaba, diciéndome que me conseguiría una beca. Pero no fui. Ya no podía ir. Anna también era pobre, pero su pobreza era distinta de la mía, era una pobreza con sueldo fijo. La mía era la pobreza del mundo del que procedía, una pobreza evidente, de harapos..., la miseria...

El médico se detiene y su mirada se pierde en la lejanía.

—Mi abuelo era soplador de vidrio. Mi madre era campesina, hija de un jornalero. Mi padre también era obrero, trabajaba en la fábrica del monte Rózsahegy; más tarde se embarcó hacia América. Los primeros años nos escribía, incluso a veces enviaba dinero; luego dejó de escribir. Nunca supimos si estaba vivo o muerto. Hubo un tiempo en que intenté averiguarlo, pero sin resultado: había desaparecido por completo. Casi no me acuerdo de él. Un tío mío, hermano mayor de mi madre, un campesino rico y tacaño del pueblo de Bártfa, se encargó de pagar mis estudios. La herencia también era de él. Pero antes de la herencia... ¿Te acuerdas de mí, en el asiento de la tercera fila? Me alojaba en la casa de un viejo curtidor y dormía en la cocina, con los aprendices. No pretendo conmoverte. Guardo muy buenos recuerdos de aquellos años. Mi tío de Bártfa decidió que me aseguraría una educación, que me convertiría en un señor. Lo que más le habría gustado es que me hubiese hecho sacerdote. Mi madre seguía trabajando mientras me educaban para convertirme en un señor; mi tío no se preocupaba por ella. La odiaba. La perseguía con un odio primitivo, apasionado, instintivo. A veces en las familias hay odios así, irracionales, sin sentido. Creo que mi tío pagaba mis estudios porque creía que, si me convertía en un señor, conseguiría alejarme aún más de mi madre. Me mandaba dinero, pero sólo el imprescindible, lo justo para que no me muriera de hambre. Calculaba hasta la última moneda. Le daba miedo entregarme dinero: temía, con razón, que le engañara para mandarle algo a mi madre. Ella pasó toda su vida trabajando cerca de su hermano, en el mismo pueblo. Era una mujer rubia, asustada y triste. Cada vez que yo volvía a casa por Navidad, para la Pascua o en las vacaciones de verano, tenía que alojarme en la casa del tío rico; él ordenaba que mataran gallinas y cerdos para celebrar mi llegada, pero me vigilaba como un poseso para impedir que llevara a mi madre un solo bocado. Un día me sorprendió: me había guardado un pastel en el bolsillo y me había ido a verla. Trabajaba en el campo, al lado de la trilladora; ya era mayor, pero seguía trabajando como jornalera. Vivía en la casa de unos desconocidos que la empleaban como criada. El tío vio cómo guardaba el pastel y sospechó que se lo llevaba a ella, así que me siguió con un hacha y me atacó, pero un campesino que estaba cerca lo detuvo y me salvó. Ahora sé que ese benefactor mío sufría una perturbación mental.

Imre empieza a pasear por la habitación.

—Yo sólo podía ver a mi madre en las afueras del pueblo al atardecer, como los enamorados, en secreto. Ella, la pobre, temblaba de pánico. Temía a su hermano, temía por mí; temía la miseria en que podía caer y el pánico le había hecho perder la cordura; las pocas veces que recuperaba algo de su lucidez anterior, pensaba en mí. Para ella, todo eso era algo natural; a sus ojos, era lógico que su hermano la maltratara y a mí me alejara de su lado, que no viviera con ella, que llevara trajes caros y elegantes y que comiera carne dos veces al día mientras ella estaba semanas sin probarla. Yo no pensaba mucho en todo aquello; no lo entendía. Las situaciones así, tan desesperadas, tan irracionales e incomprensibles, sólo podemos entenderlas después, cuando ya ha transcurrido el tiempo. Yo tenía que ir a pasar las vacaciones a casa de mi tío porque él así lo quería; me paseaba pavoneándose, me llevaba a visitar al señor más noble del pueblo, al cura y a todas las autoridades. Escuchaba con una sonrisa idiota y feliz mis frases en latín, me paseaba por su mundo como a una bestia adiestrada para hacer cosas sorprendentes. Creo que le habría gustado ponerme un aro en la nariz como hacen los gitanos con sus oseznos para llevarlos a las ferias. No tenía familia; convivía con una de sus criadas, una joven eslovaca, pero en aquella época debía de estar ya falto de fuerzas creadoras porque no tuvieron hijos. Ahora, veinte años después, me doy cuenta de todo lo que aquel hombre mató en mí, de todo lo que aquellas visitas de vacaciones destruyeron; me doy cuenta de toda la vergüenza, la furia impotente, los celos, la humillación y la desesperación que se acumularon en mí. En estos casos, de nada sirve el éxito ni el dinero, ni siquiera el hecho de que conociera a Anna gracias a mi tío... Mi alma está herida y ya nada puede curarla. No puedo echarle la culpa a la sociedad. Es cierto que me he convertido en un señor, soy médico, tengo dinero, trajes elegantes... Sin embargo, cuando entro en las casas importantes siempre tengo que mirar a mi alrededor, no me atrevo a mirar al servicio a la cara porque temo acordarme del rostro de mi madre, no me atrevo a aceptar los servicios de una criada... Ya sé que eso puede parecer algo enfermizo. He aprendido a manejarlo, a disimularlo hábilmente. Anna, por ejemplo, tardó en advertirlo.

Por un momento reflexiona, como si buscase los recuerdos.

—En su casa tampoco abundaba el dinero, pero no sufrían estrecheces; Anna aceptaba sin remordimientos los servicios de las criadas, mientras que yo me avergonzaba por todo: al pedir un vaso de agua me ruborizaba, cuando la criada entraba en el dormitorio por las mañanas con mis zapatos me daba la vuelta para no verla... Anna no entendía mi vergüenza. Ella había nacido en medio de esa feliz sensación de seguridad que impide el sufrimiento; estaba convencida de que hay personas cuya profesión es servir a los demás, y que nosotros, los seres de la otra categoría, tenemos como tarea aceptar esos servicios, que ése es el orden natural de las cosas. Claro..., a lo mejor... ¿Qué se puede hacer?... Tal vez es ése el verdadero orden de las cosas. Uno se cansa, se conforma. Parece que hasta en la Rusia soviética hay personas que sirven a otras... Entonces yo aún no había leído a Tolstoi, no sabía nada de su modo de vivir en Yasnaia Poliana y, sin embargo, durante el tercer año de nuestro matrimonio, yo también me rebelé. Mi madre había muerto y fui al entierro. Fue un entierro de criada, pero yo tampoco quería otra cosa; no quería engañarme ni quería engañar al mundo con un entierro diferente... Pensaba que estaba bien que se fuera a la tumba igual que había vivido, con la misma pobreza, en el ataúd más sencillo... Pero cuando regresé del entierro, no pude aguantar más. Durante un tiempo exigí a mi esposa que la criada comiera con nosotros en la mesa; con mi decisión hice sufrir a todos, también a las criadas. Una de ellas no lo soportó y se marchó sin decir nada. Sufría Anna, y yo también. Aunque quizá era Anna la que menos sufría. Intentaba comprenderme... Cada vez que entraba la criada yo me ponía de pie... Ahora sé lo que pretendía con todo eso, pero entonces sólo obedecía a un impulso, a una obsesión, intentaba esconder algo con terquedad y desesperación. Anna lo aguantaba todo. Después he comprendido que lo que hacía era ridículo, no tenía sentido... Hay dos mundos que viven paralelos y yo no podía remediarlo. ¿Qué podía hacer? Al final me resigné. Sé que no soy el único que ha intentado hacer algo para remediarlo. Anna nunca sintió remordimiento por las criadas. Decía que era «buena con ellas»; me miraba con tranquilidad a los ojos y repetía que a ellas «no les falta nada»... Y es verdad. Tenían todo lo que necesitaban. Pero yo no podía evitar acordarme de mi madre. ¿Ella también había tenido todo lo que necesitaba? Así estaban las cosas a los tres años de matrimonio.

—Todos somos pobres —observa Kristóf con objetividad.

—Es cierto —replica Imre, cansado—, pero esta pobreza es diferente..., es otro tipo de pobreza. Se trata más bien de un sentimiento, de las esperanzas, de los derechos y los deberes; las propiedades no importan mucho... Cuando conocí a Anna, yo intentaba parecer un joven vividor, un auténtico señorito. Todavía me duraba la herencia del tío perturbado; había muerto al final de la guerra, cuando mi madre todavía vivía. Entonces fui a verla y le rogué que se viniera a vivir conmigo. Pero ella se negó. Quise comprarle una casa en el pueblo, amueblarla para ella..., pero no aceptó nada. Se comportaba con antipatía, casi con brutalidad.

Quería que la dejara en paz, no tenía intención de cambiar de vida. Ni siquiera aceptó el dinero que le ofrecí. Tardé mucho tiempo en comprender su comportamiento. Al principio creía que pretendía protegerme a mí, que no deseaba privarme del dinero que necesitaba para mi vida de señor..., pero me equivocaba. También llegué a pensar que odiaba el dinero de su hermano, mas no era así; recogió con avidez las pertenencias del tío, sus trapos viejos, sus sartenes desconchadas, con esa avidez que sólo muestran los más pobres, que se alegran con cualquier cosa y se aferran a cualquier objeto, sea útil o inútil... No quería dejar el pueblo, no quería tener una casa, no quería una vida cómoda y despreocupada, no quería cambiar en nada su condición. Quería seguir sirviendo. Estaba atada al destino de miseria que había regido su vida. ¿Por qué? ¿Por terquedad? ¿Por desesperación? Tenía una especie de cautela campesina que no la dejaba confiar en nada ni en nadie; no creía que pudiera existir una vida distinta a la que ella conocía por propia experiencia... Yo entonces no lo sabía y no podía comprenderlo.

Por un momento, el médico se calla y vuelve a caminar por la habitación.

—Mucho más adelante, cuando ya sólo era médico porque lo ponía en mis papeles, pero en mi fuero íntimo había dejado de identificarme con mi profesión, cuando me limitaba a mirar y escuchar a los pacientes, y a recetarles lo que me pedían para aliviar sus estreñimientos o sus dolores aun sabiendo que no tenía los medios para acercarme a la causa verdadera de su enfermedad..., a lo intocable de su alma, allí donde ésta se encierra, en lo más profundo de su santuario…, allí donde están solos con su destino, en esa habitación oscura del alma donde nadie tiene acceso…, entonces fue cuando comprendí que las cosas eran así, y también comprendí la resistencia de mi madre. Pero, para entonces, mi madre ya no vivía. Los humanos nos aferramos a la ley que determina nuestra suerte. Mi madre no se atrevió a salir del callejón sin salida donde la vida la había colocado. Todo despertaba en ella sospechas. La vida le había enseñado que sólo se puede confiar en el sufrimiento, en la renuncia, en la pobreza... Ella creía en eso como otros creen en su condición de barones o de oficiales. Tuve que abandonarla, tuve que dejarla a solas con su destino. Tarde o temprano nos vemos obligados a abandonar a todo el mundo a su suerte. Entonces yo aún no lo sabía... ¡Pero qué extraño debe de parecerte todo esto! Tal vez tú no sepas todavía que... Quizá tú nunca llegues a saber que no es posible ayudar a nadie. No hay cosa más difícil en este mundo que ayudar a alguien. Ves únicamente que una persona que quieres o que es importante para ti se dirige a un precipicio, que actúa en contra de sus intereses, que se vuelve loca o triste, que se atormenta, que no puede más, que está a punto de caerse..., y tú corres hacia ella, te gustaría ayudarla y de golpe te das cuenta de que no es posible. ¿Acaso eres débil? ¿No sirves para ello? ¿No eres lo bastante bueno, lo bastante sincero, lo bastante abnegado, apasionado y humilde? Claro, nunca somos lo bastante... Pero aunque fueras un profeta con poderes sobrenaturales y hablaras el idioma de los apóstoles, tampoco bastaría... No se puede ayudar a nadie porque el «interés» de los hombres no es lo mismo que lo que es bueno o es lógico. Quizá necesitemos el dolor. Quizá necesitemos aquello que, según todos los síntomas, es contrario a nuestros intereses. No existe nada más complicado que determinar los intereses de un ser humano... Puedo hacer desaparecer los síntomas, puedo recetar pastillas contra el dolor de cabeza, pero no puedo acercarme a la razón de las jaquecas. Eso mismo me pasaba con mi madre, eso mismo me pasó con Anna.

El médico vuelve a pasear arriba y abajo por la habitación.

142

14

—Fingía ser un hombre de mundo —dice sonriendo—. Le hacía la corte a Anna formalmente. Encargaba mis trajes al mejor sastre. Imagínate, hasta me apunté a una academia de baile y aprendí a bailar... En esa época vivía como si no tuviera otra cosa que hacer más que asistir a todas las fiestas. Si Anna hubiese querido que me afiliara a un partido político y que pronunciase discursos, lo habría hecho. Pero ella no deseaba nada. Me toleraba. Yo pensaba que ella me tendría más simpatía si me parecía a esos jovencitos que le hacían compañía, si cambiaba mis modales, mi comportamiento y mi aspecto; lo único que me faltó fue ponerme uno de esos sombreros verdes de piel de gamuza. Durante mucho tiempo no tenía ni la menor idea de lo que ella pensaba de mí, no sabía si me consideraba su igual o un advenedizo extraño. Anna se mostraba siempre extrañamente tranquila. Era como si estuviera constantemente soñando. En los bailes, en el teatro, en cualquier acto social era simpática, educada y modesta con todo el mundo. Siempre sonreía. Y si alguien le dirigía la palabra, sonreía aún más. Entornaba los ojos y miraba a su interlocutor con una sonrisa mecánica e impersonal, como si mirara a la nada. Tenía muchos pretendientes. Era pobre, pero no tenía ni idea de lo que era el dinero.

Su padre se lo daba todo: vivían en una casa de cinco habitaciones, Anna tenía su dormitorio amueblado a la última moda y se vestía en las mejores modisterías del centro. Estaba rodeada de cosas exquisitas. Su padre se gastaba todo el dinero en su única hija con tanta exageración y tanta irresponsabilidad como sólo pueden hacerlo los hombres mayores con sus jóvenes amantes, y se endeudó por ella. Cuando murió, a la edad de sesenta y cinco años, nos enteramos de que aquel honrado padre de familia, aquel ciudadano responsable y ahorrador, aquel marido ejemplar, aquel funcionario excelente que había cumplido su deber de forma intachable durante cuarenta años y que no tenía más vicio que fumar cigarros baratos, que pasaba diez años sin hacerse un traje nuevo..., aquel viejo y severo inspector de escuela había dejado como herencia una deuda más que considerable. Yo la pagué; mejor dicho, todavía la estoy pagando. La mayor parte consistía en letras de cambio de origen dudoso con prestamistas ilegales... Ese dinero, además de su sueldo y su patrimonio, lo había dilapidado por Anna. Ella se educó con las monjas del mejor colegio de la ciudad. Por Navidad, su padre le regalaba perlas. Seis meses antes de su boda habían cambiado el mobiliario completo en su habitación. Vestía abrigos de pieles y en verano se iba con una amiga a los balnearios de Suiza. Yo nunca supe el porqué de tanto derroche. No sé si el viejo obedecía la voluntad de Anna o era él mismo el que lo deseaba así. Lo único seguro es que el padre colmaba a su hija con todas las atenciones, el afecto y la pasión que había acumulado en su vida. Cuando conocí a Anna, ella no sabía nada de la vida, ¡ni siquiera sabía lo que era el dinero! En su casa se reclamaba a la cocinera hasta la última moneda de la compra mientras el padre pagaba sumas elevadísimas a la modista o al sombrerero sin rechistar, tan contento. Y Anna se limitaba a sonreír. En su comportamiento, en su manera de hablar, detrás de su sonrisa estereotipada había algo semejante a un estado de fría inconsciencia. Era como si estuviera siempre pensando en otra cosa, mirando hacia otro lado. Nunca la he visto reírse de verdad..., pero siempre sonreía. A mí también me recibió con una sonrisa.

Sacude la cabeza, mira la oscuridad y sonríe.

—Anoche hablé con ella de mi madre por primera vez. —No hay señales de queja en su voz—. Nunca me había preguntado nada sobre ella. Quizá al principio..., pero creo que no le di ninguna explicación clara, así que no insistió; se disculpó y no volvió a preguntar. Anna tenía ese sentido del tacto, intuía cuáles son los lugares del alma a los que no puede acercarse nadie. No le interesaban ni mi familia ni mi infancia, mi madre, mis orígenes o mi condición social. Quizá esto que digo no es exacto, quizá sea torpe e injusto decir que no le interesaban... Más bien evitaba, por pudor, mostrar un interés manifiesto. Decía que todos tenemos secretos y que es preciso respetarlos. Además, aceptaba a las personas sin ningún tipo de prejuicio. En presencia de Anna, la gente se sentía renacer. Parecía que el pasado se esfumaba, como si todos los recuerdos confusos y dolorosos, el pasado, la juventud, no importasen a partir del encuentro. A ella le interesaban otras cosas, buscaba otra cosa en las personas, no le interesaba su pasado. Durante un tiempo pensé que su actitud era una forma de cobardía. Tiene un concepto muy cómodo de la vida, eso es todo. Cerrar los ojos, no querer saber nada y aceptar de las personas sólo lo útil o lo interesante en ese momento. Claro, en realidad era todo mucho más sencillo, mucho más sencillo y a la vez mucho más complicado. Es una lástima que no hayas llegado a conocer a Anna. —Lo dice con ligereza, con un toque de lástima trivial; el juez lo escucha con atención—. Había en ella algo de ligereza..., algo flotante y aéreo que colmaba su alma..., algo parecido a la música. Debo tener cuidado

de no equivocarme. Debo mostrarte el alma de Anna. No
será fácil. Yo... durante ocho años... no supe nada. Vivir
juntos, conversar, decirnos palabras apasionadas o calcula-
das, besarnos, abrazarnos, soñar juntos… ¿Qué es todo
eso?... Poco, muy poco. Hay que saber algo más. Al principio, yo me sentía feliz con que me aceptara. Estaba enamorado. Anna también..., sí, Anna también. Tengo que decirte, por si no lo sabías, que Anna me amaba. Desde anoche
sé con certeza que también a mí me amaba. Yo la había conocido en una primavera, a principios de abril... El amor
siempre significa un renacimiento, pero el mío es absoluto.
En una semana me convierto en otro hombre. Empiezo a
ganar dinero. Todo el lado oscuro de mi vida desaparece.
De repente, soy capaz de alegrarme con las cosas, me atrevo
a ser feliz. Aquella oscuridad que ensombreció mi infancia
se disipa por completo. Todo me resulta fácil: mi trabajo, el
contacto con la gente; todos los obstáculos me resultan ri-
dículos. Eso se suele notar, así que la gente empieza a acercarse a mí. Llevo tres meses saliendo con Anna y un día me
doy cuenta de que tengo mucho trabajo; la gente viene a
verme, encuentra la dirección de mi consulta Dios sabe
cómo, pero la antesala de la consulta se llena, me llaman por
la noche desde barrios lejanos. De repente, veo las cosas
más claras. No es tan complicado: unos simples análisis de
células que facilitan el diagnóstico. Yo no he inventado
nada, solamente he simplificado unos análisis que antes
eran complicados y costosos porque sólo podían realizarse
en algunos sanatorios... Me he limitado a modificar las ins-
trucciones de uso para simplificar el protocolo de los análisis y hacerlos más populares.

Se detiene y medita largo rato, como si por sus ojos pa-
saran los recuerdos de aquel tiempo.

—No es un invento revolucionario. Tampoco es del
todo original, pero de pronto tengo éxito, mi nombre circula

146

por ahí, me invitan a las fiestas, me confían la dirección de uno de los laboratorios del hospital de la ciudad… Estas cosas ocurren así, sin que uno las espere. No obstante, detrás de todo eso se encuentra Anna, su sonrisa, su aliento; yo sé que la veré por la noche, que podré ir a buscarla por la tarde, y de la noche a la mañana me vuelvo hábil, incluso astuto, ligero y rápido, porque hace falta ser así para alcanzar el éxito…, no basta con ser profundo, serio y concienzudo… Me vuelvo calculador y práctico, sé cómo tratar a la gente, maravillo a mis superiores con números de prestidigitador, la relación con mis subordinados es inmejorable, sé convertir en mi cómplice a todo aquel que me parece útil para mis planes. ¿Que cuáles son mis planes? Sólo tengo uno: Anna. Cuando ella no está en casa, me siento en su habitación a aguardarla, la oigo llegar, siento cómo sube la escalera, oigo sus pasos, la veo ante mí, juego a adivinar el vestido que llevará, lo sé todo sobre ella… Y de repente llaman a la puerta y es ella, vestida tal como la he imaginado. Es algo que se escapa al poder de los sentidos…, una fuerza parecida al instinto animal. Yo no temo esa palabra. Todo lo que antes había sido un instinto enterrado, escondido, empieza a revivir y a florecer en mí. ¿Necesitamos dinero? Pues me voy a la ciudad y traigo dinero, como un perro de caza trae su presa. ¿Un título, un ascenso en la escala social? En tres años me hago profesor titular. ¿Anna necesita otro abrigo de piel? Salgo a buscarlo como un cazador lapón, preparo mis armas, me mantengo al acecho y mato al noble animal cuya piel ella llevará. ¿Quiere un collar de perlas? Lo consigo con operaciones más arriesgadas que los pescadores de perlas de Ceilán. ¿Entiendes lo que digo? No hay nada imposible, no hay peligro, no hay reflexión. Todo es posible, incluso fácil.

El juez guarda silencio y escucha. El médico lo mira un instante y luego mira de nuevo la nada.

—Yo no estoy cansado, tengo tiempo para todo; siempre me siento bien, estoy completamente sano. Cada día se me hace un mundo infinito en miniatura, en las veinticuatro horas encuentro tiempo para todo: estudio, trabajo en el laboratorio, a las seis de la mañana ya estoy viendo a un paciente, a las ocho y media salgo a pasear a caballo con Anna, durante la mañana atiendo a otros enfermos, al mediodía me encuentro con ella en el taller de un tapicero para elegir una tela para las paredes del dormitorio, por la tarde trato a una señora riquísima pero histérica mediante hipnosis, sin esperanza alguna en el tratamiento, mas con tal fe y determinación que ella se siente mucho mejor en sólo unos meses, consigue incluso dejar la morfina y tardará algunos años en tirarse por la ventana. Luego recibo a mis pacientes, preparo mis clases, busco un hueco para llamar a mi librero y pedir unos libros para Anna, publicaciones recientes que tal vez puedan decirle algo sobre ella misma, algo que yo solamente intuyo y que no me atrevo a poner en palabras...

Calla de nuevo. Parece cansado, exhausto. Pero los recuerdos no lo dejan descansar y retoma el hilo del relato.

—Me encuentro en la cima del mundo; a veces casi puedo oír los aplausos; me dan ganas de inclinarme y agradecer la atención. Día y noche, ya esté despierto o dormido, me siento completamente seguro de mí mismo, preparado para todo; tengo una actitud inexplicable, ilógica, siempre estoy listo, en cuerpo y alma, con todos mis músculos, mis nervios, mis sentidos y mi mente dispuestos a lo que sea. Como el trapecista que ejecuta un salto mortal con los ojos cerrados a cualquier hora del día, me lanzo al vacío y ya puedo oír los aplausos... Me pregunto si Anna ve todo esto o si tan sólo me acepta. ¡Si es ella la que me lo da todo! Ella es la que hace que la frágil maquinaria que hay en mí funcione a la perfección, incansable, minuciosa y certera.

¿Quién sería yo sin su voluntad? Imre Greiner, el hijo de una criada eslovaca y de un campesino del norte de Hungría, un hombre lleno de miedos, con aptitudes poco definidas y no muy elevadas, un hombre acechado incluso en sueños por monstruos incorpóreos nacidos en la infancia, como las nubes de tormenta con aspecto de bestias salvajes que se forman encima de un paisaje. Sin embargo, los miedos no existen. Estoy con Anna, vivo en un círculo mágico..., como si conociera la palabra mágica. Pero la palabra mágica es muy sencilla: amo a alguien.

Empieza a hablar más rápido, como si se avergonzara de lo que acaba de decir.

—Claro, no se puede vivir siempre a ese ritmo —dice humilde, casi disculpándose—, hasta el cantante más brillante se cansa, sus pulmones ya no lo resisten, no puede dar el do de pecho en cada momento, incluso para decir que quiere un vaso de agua o que no irá a comer a casa. Pero Anna no debe notar mi fatiga, mi falta de aliento. Es maravilloso que me siga aguantando. Probablemente no pueda hacer otra cosa. Debo de emanar algo, un fluido especial con el que se podrían fundar partidos políticos y organizar a muchedumbres enteras, sí, algo con lo que puedo obligar a una persona a dejar que me acerque y a hacer un sitio en su vida para mí. Quizá sea eso lo más notable... Anna no puede escapar de mí. Al principio se muestra insegura y asustadiza. Está intranquila porque siente que algo le ocurre, que ya no es ella la que toma las decisiones, que ya no es ella la que elige, que está bajo la influencia de fuerzas desconocidas, que me tiene que aceptar. Es más: no basta con que me acepte; debe entregarse por completo, aunque no quiera; no tiene escapatoria, yo no me conformo con cualquier cosa. Mis condiciones rozan la crueldad. No me sirve una entrega a medias, una entrega fingida; llevo a cabo una conquista total, porque en la vida del individuo esas batallas

149

son similares a las de las grandes guerras de la humanidad: no sólo quiero obtener mi presa, sino que exijo una entrega absoluta, lo quiero todo; no me basta con las atenciones cálidas y tiernas de una mujer llamada Anna Fazekas, quiero poseer todos sus recuerdos, hasta los que el tiempo ha borrado; quiero conocer todos sus pensamientos, los secretos de su infancia, el contenido de sus primeros deseos; quiero conocer a fondo su cuerpo y su alma, la composición de sus tejidos, de sus nervios. Estoy contento de ser médico, así puedo saber más. Me alegra tener conocimientos de anatomía porque así no solamente amo una mirada, una voz o un gesto de su mano, sino que amo todo un mecanismo maravilloso, su corazón, sus pulmones, conozco la materia de la que está hecha su piel... ¿Te asustas? ¿Es demasiado? ¿Es suficiente?... Sí, ella también se asustó.

El juez levanta la mano y el médico se calla, espera que el otro diga algo. Pero como el otro guarda silencio, continúa hablando con una voz más sosegada.

—Tienes que comprender que era asunto de vida o muerte. Sin Anna, no sólo me aniquilo yo, Imre Greiner, sino que desaparece una fuerza que ha encontrado su expresión en mí y en Anna, en nuestro encuentro. Ella me sigue, no puede hacer otra cosa: a tales temperaturas se funde toda resistencia. ¿Toda? Entonces creía que sí. Aún no sabía que en la materia fundida había quedado algo de propiedad privada, la única propiedad que resiste todas las pasiones y todas las fuerzas externas, una materia que no se funde, ni se renueva, ni se multiplica, algo cerrado y completo en sí mismo. Allí al fondo, más allá de su cuerpo y de su alma..., hay algo... Quizá sólo sea un grupo de células, unos cuantos millones de células nerviosas, de neuronas... Intento encontrar una explicación científica al fenómeno. Pero la explicación no afecta a la naturaleza del fenómeno. Me muestro vanidoso y derrochador, un guerrero, un conquistador. ¡Cuánta soberbia, Dios mío!... Por supuesto, con Anna soy humilde. Observo y analizo cada gesto suyo como el científico que estudia la materia de sus experimentos, para ver si cambia de color en la probeta, para ver cómo la transforma el calor al que la someto. Pero Anna es de una materia resistente: soporta todos los experimentos. No actúo con la entrega o la pleitesía del hombre enamorado, no le rindo una atención de ese tipo, ésa no es mi disposición natural; mi adoración es más seria, más tensa, casi podría decir que más mecánica. Tiene algo de prueba deportiva, como si el resultado se midiera en minutos y segundos. ¿Acaso puede ser de otra forma? En estos tiempos todo se mide, todos esperan batir marcas espectaculares, hasta el aprendiz de cerrajero; en todas partes se oye el tictac del reloj de precisión: en las canchas deportivas, en los hospitales, en la política. Hay alguien midiendo constantemente los resultados, todo está sometido a una tensión demasiado fuerte... Quizá incluso el amor se haya cargado de esa tensión, de ese afán de superación, de esa preocupación dolorosa, y ya no sea un idilio sino una competición. Yo entonces todavía no soy consciente de eso..., pero el ritmo de mi vida, mi ambición, mis investigaciones, mis sentimientos, hasta mis momentos de reposo están llenos de las vibraciones de esa voluntad obstinada. Todo se acelera a mi alrededor, no hay tiempo para el descanso. Las formas vitales son rígidas, los rostros de los seres humanos son duros y tensos; más tarde, cuando empiezo a comprender los nuevos tiempos, veo cada rostro con más detalle y me quedo horrorizado de no ver en ellos la despreocupación, la felicidad. Sólo veo rostros de competidores, rostros desencajados de ojos vidriosos, como los rostros de los corredores que aparecen en el cine o en los periódicos; cuando los corredores de fondo se acercan a la meta, su cara se desfigura: ya están cerca del triunfo, pero esa pequeña distancia también puede significar la derrota, el final... Yo soy un corredor de fondo, participo en una carrera cuya meta es Anna. No hay en mí nada de ligereza que contrarreste los graves sentimientos que anidan en mi alma. No hay en mí ni una sonrisa. Todo mi tiempo es de Anna y no me doy cuenta de que no es suficiente... Tal vez sería mejor si sólo tuviera algunos minutos o algunas horas para ella, unos intervalos de tiempo casuales que se presentan por sí solos, en un ambiente especial independiente del calendario. A Anna siempre quiero dárselo todo, sin advertir que a veces significa más ofrecer algo con indiferencia, casi de forma inconsciente. Mi empeño es un heroico acto de amor. Anna me observa con los ojos muy abiertos desde cierta distancia. La distancia no se puede medir, yo sólo puedo sentirla, intuirla... Mientras tanto, en el rostro de Anna sobreviven la despreocupación y la sonrisa. Anna no tiene prisa, Anna nunca busca tiempo para nada en especial porque tiene tiempo para todo. No puede escapar de mí; ahora ya no es posible, aunque quizá no quiera huir. Al salir del registro civil, después de casarnos, miro confundido a mi alrededor; tengo la sensación de haber llegado el primero a la meta, llevo la copa en la mano y la medalla al cuello, no me sorprendería que me rodearan los fotógrafos con las cámaras en alto. Y así es, efectivamente hay fotógrafos esperando... No sabía que fuera costumbre.

»Nos casamos en diciembre, este invierno hará nueve años —añade con una extraña avidez de exactitud—. Dos meses después de que tú te casaras. En el último mes, Anna quiso celebrar la boda a toda prisa.

15

Se dirige a la estantería, coge un libro, lo mira distraído y lo vuelve a dejar en su sitio.

—Un libro excelente —dice satisfecho—. Hace poco todavía existían ese tipo de personas, como ese matemático... ¡Qué espíritu más maravilloso! ¡Qué pensador más íntegro! ¿Conoces una obra suya titulada *Los valores de la ciencia*? Si te interesan esas cosas puedo enviártelo, lo tengo en casa... —Se inclina ligeramente, en un gesto de disculpa—. Claro, eso de «en casa» ya no sirve... Eso ya no existe. Tengo que hacerme a la idea. Mi casa, mis muebles, mis libros, mis cartas en los cajones de mi escritorio; nada de eso existe ya. Tengo que olvidarlo todo. Discúlpame.

Pero el juez no reacciona. Sigue sentado con los brazos cruzados sobre el pecho, sin moverse, echado hacia atrás. En la penumbra, ninguno de los dos distingue el rostro del otro.

—Mi casa, por supuesto, era obra de Anna. Para ella ha sido siempre muy importante todo lo relacionado con la casa. Ahora que ya no existe nada me doy cuenta de lo importante que era para ella la casa. Fue ella la que quiso venir a vivir a Buda. ¿Conoces la calle? Está aquí cerca. Ella escogió el piso. A mí no me gusta la calle, nunca me ha gustado. Tampoco me gusta el barrio, todo me parece extraño; habría preferido vivir en el centro, en alguna calle ruidosa, más urbana. Aquí todo es tan provinciano... Para mí es como un pueblo en el campo, y eso me trae recuerdos, se convierte en mi pasado y me refresca la memoria. A Anna le gustaba mucho el campo. Decía que tenía nostalgia de Buda. Durante una época, insistió en que nos fuésemos a vivir a una ciudad pequeña, y yo había pensado solicitar una cátedra de biología en alguna universidad de provincias..., pero me dijeron que mis posibilidades se verían muy reducidas, así que nos quedamos en Buda. Al principio, mantuve mi consulta en Pest, pero eso suponía demasiados gastos; además, significaba pasar el día lejos de Anna, y yo no soportaba esa lejanía. Necesitaba saber que se encontraba cerca de mí, en la habitación de al lado, que la podía ver en cualquier momento del día. Sí, amigo mío... Así empezó todo. Durante unos años, sobre todo en los cuatro primeros, no aguantaba ni una hora sin verla; necesitaba oír su voz, o por lo menos el ruido de sus pasos, saber que estaba cerca de mí. Dependencia absoluta, diría un experto. Pero eso son sólo palabras, un diagnóstico expuesto en un papel, escrito con tinta morada... ¿Qué significa la palabra «dependencia»? Yo quería vivir una vida conyugal con Anna. Ni más ni menos. La vida de la que hablan las Escrituras... Me lo imaginaba todo conforme a la Palabra de Dios: la mujer abandona a su padre y a su madre para seguir al marido. Hasta la muerte. En lo bueno y en lo malo. Yo consideraba el matrimonio un lazo indisoluble, el único vínculo entre dos personas que no se puede romper. ¿Qué otra cosa podría ser? ¿Qué otro sentido podría dársele? ¡Eso es algo que no tiene discusión!

Lo dice irritado, como si el otro lo hubiese interrumpido.

—Anna nunca discutía. Ahora que me acuerdo de esos años, de esos cuatro primeros años, me entran ganas de verla. —Se cubre el rostro, como si de verdad pretendiera

154

verla—. Sí, la veo —afirma muy despacio—. Es tan atenta... No sé cómo expresarlo. Es como si esperara algo de mí. En la sonrisa que me dirige hay una especie de espera. Su sonrisa me parece casi tierna, tan delicada como una sonrisa de cortesía. Sí, también es curiosa. Una curiosidad preocupada, una delicadeza atenta, paciente y benevolente: así era Anna, ésa era su actitud. Pero hay algo más... ¿Cómo decirlo? Le interesa todo lo que tiene que ver conmigo; debo contárselo absolutamente todo sobre mi trabajo, mis deseos y mis odios, debo decirle hasta lo que pienso de ella... Ella lo acoge todo, yo sé que mis palabras llegan a su destinatario, sé que con ella todos mis pensamientos están seguros, sé que no se reirá de mí, que no se mostrará altiva, todo lo contrario... Pero nunca me responde. ¡Que sí, que me responde siempre! —grita, parece atormentado—, ¡responde a todas mis preguntas, no tiene secretos para mí, no tiene ni una mirada para otro hombre u otra mujer! Porque desde el primer instante yo soy celoso, y no lo niego; sería un esfuerzo sobrehumano intentar negarlo. No vayas a imaginarte unos celos brutales o vulgares; aunque, al fin y al cabo, todos los celos son iguales... No hay nadie a nuestro alrededor que pueda provocarme celos. Anna no conoce a nadie que le interese en especial, Anna no es coqueta; nunca, ni una sola vez, he captado una mirada verdaderamente femenina, una mirada que pudiera indicar algo a otro hombre... No pasa nada, me digo para consolarme. Y, efectivamente, no pasa nada..., sólo estoy celoso. Siento celos de todo el mundo, por descontado también de su familia, de su propio padre; cuando ese viejo admirador suyo se muere doy un suspiro de alivio y me siento mucho más ligero. Todos los seres vivos están bajo sospecha. Si Anna acaricia a un niño en la calle, su caricia me quita algo que tal vez era para mí. No aguantaría que tuviese amigas, pero no las tiene. Sé que es un estado morboso, enfermizo. Anna y yo hablamos mucho de mis celos; ella los comprende y los acepta, no la atormentan, incluso dice que no puede ser de otra forma. El que ama, teme. Sentimos celos por la persona que amamos, a lo mejor porque sentimos celos de la muerte, que nos la puede arrebatar. Eso dice. Todas las mañanas me cuenta sus sueños, porque yo tengo que conocer ese otro mundo en el que ella entra cada noche, durante ese tiempo de infidelidad, cuando cierra los ojos y se escapa de mi lado hacia los paisajes nocturnos. Yo no aprecio mucho el análisis de los sueños, pero los de Anna son preciosos para mí: sus sueños dan inicio a mis días. Anna dice que los sueños son aventuras, y me cuenta sus aventuras cada mañana. Así se desarrolla nuestra vida. Vivimos bien. Creo que somos felices. Sólo tiempo después me veo obligado a comprender que eso no es vida, que nuestra felicidad es sospechosa y tal vez, incluso, ficticia..., que en esos años hay algo artificial, algo inconsciente. Antes te he dicho que Anna está atenta, que se mantiene a la espera. La suya no es una actitud maternal. Vivimos de manera ejemplar, vivimos una vida conyugal plena. Yo se lo cuento todo, ella lo escucha todo, nos hacemos preguntas y las respondemos. Pero un día me doy cuenta de que Anna ya no responde.

Se queda callado durante un tiempo y luego inquiere desde detrás de las manos, como un ventrílocuo:

—¿Me comprendes?

—Sí —contesta Kristóf con suavidad—, creo que sí.

—Quizá consiga explicártelo —prosigue con la misma voz extraña, grave—. Anna está siempre lista para todo. Advierte que en mis sueños y mis proyectos hay ilusiones de pequeño burgués; las ilusiones así vienen de lejos, de las profundidades de la infancia, de la época en que se sueña con algo semejante al paraíso. Por ejemplo, para mí es muy importante mi casa. No hay nada más natural. Los jóvenes están orgullosos de su vigor, pretenden demostrar la fuerza con la que construyen su propio hogar, imitando a sus padres; también quieren tener un canario, una chimenea, unas pantuflas y, claro, un comedor con muebles alemanes antiguos, tapetes de encaje de bolillos y cuadros con marcos dorados en las paredes. Naturalmente, yo también necesito un salón, aunque no esté decorado con muebles aristocráticos que reflejen una misma época, el presupuesto no alcanza para eso, pero necesito un salón, aunque el mueble más valioso sea una mecedora... Por supuesto, el hombre ilustrado que hay en mí se rebela contra esos deseos, pero Anna sabe más que yo sobre ese hombre ilustrado, le insufla vida a esos deseos secretos que me avergüenzan y poco a poco nuestra casa se va pareciendo a la de un fabricante de estufas del siglo pasado, enriquecido y retirado, mientras yo sigo comprando cuadros románticos y objetos de plata que no sirven para nada. Sé muy bien que son cosas superfluas y artificiales, incluso de mal gusto, que no pertenecen a mi tiempo, que no tienen nada que ver conmigo..., pero esos deseos sobreviven en mi interior con toda su fuerza a pesar de la vergüenza y el desprecio que me producen. Mi madre nunca tuvo un salón, mi padre nunca se sentó en una mecedora. Anna nunca me pregunta por mis padres, tal vez sabe que no me atrevería a responder; espera el momento en que los recuerdos dolorosos, marchitos y encerrados se presentan por sí solos, y entonces me ayuda, examina mis heridas, me las venda, soporta…, tolera la mecedora y el aparador alemán... Sí, «toleramos» nuestra casa tal como es; creo que, en conjunto, carece por completo del menor gusto. Anna soporta muchas cosas; con mucho tacto, para no hacerme daño, va curando mis heridas. Me ayuda con bondad e inteligencia, me anima a no sentir vergüenza, a amar lo que de verdad amo, a no intentar ser «moderno» y a convertirme en un «médico joven a la altura de su época», aunque yo sigo pensando que nuestra casa debería tener un estilo más actual y funcional, con muebles metálicos de líneas sencillas, con un estudio que se parezca a un quirófano porque, al fin y al cabo, somos gente moderna. Pero Anna sigue sonriendo y comprando cojines para el sofá; ni siquiera protestaría si yo llegara un día con un canario o con unos peces de colores... Su paciencia es infinita, ¿me comprendes? Me tolera. Vive en la casa aguardando algo. No se sabe qué aguarda, pero no importa: ya se sabrá algún día, se descubrirá qué sentido tienen los muebles, los deseos pudorosos; se sabrá lo que de verdad duele, lo que se esconde detrás de las intenciones. Mientras tanto, hay que aguantarlo todo... ¿Se sentirá así de verdad? Pero si ella participa en nuestra vida con alegría, con sentimientos... Es tan dócil, tan paciente... A veces parece una criada excelente...

Con una voz ronca añade:

—Ella me ama... Sí, me ama. A su manera, como se suele decir. ¿Y cuál es su manera? Pues incondicional, lo sé muy bien, absolutamente incondicional. Anna no se permite concesiones. ¿Qué significa «amar»? Durante años he pensado que significa conocer a la otra persona..., conocerla perfectamente, con todos sus secretos; conocer cada rincón de su cuerpo, cada reflejo; conocer a fondo su alma, cada una de sus emociones... Quizá sea eso, quizá conocer sea lo mismo que amar. Pero eso sólo es una teoría. Después de todo, ¿qué quiere decir «conocer»? ¿Cuánto se puede conocer a un ser humano? ¿Hasta dónde se puede seguir a un alma desconocida? ¿Hasta sus sueños? ¿Y luego adónde? No se puede acompañar a nadie a su inconsciente. Ni siquiera es necesario esperar a que ella cierre los ojos, se despida de mí y se retire a ese otro mundo, al mundo que llamamos de la noche... Porque existen dos mundos y uno está más allá del espacio conocido en el que vivimos, y quizá en ese otro mundo vivamos de manera más real que en el espacio y en el tiempo... Ahora ya sé con certeza que hay otro lugar que es sólo nuestro, la propiedad privada de cada uno...

El médico calla, se pasa la mano por la garganta.

—Anna sabe despedirse de mí de otra manera también. Incluso de día. A veces, durante el almuerzo, mientras le cuento algo..., de repente la miro y me doy cuenta de que ella ya no está conmigo. Entonces, le llamo la atención para que regrese. La llamo con insistencia. Creo que tengo derecho a ello. Tengo todo el derecho a esa fidelidad. Anna ha llegado a un acuerdo conmigo. Sin condiciones, sin regateos. Naturalmente, dormimos en la misma habitación, uno junto al otro. Yo lo quiero así, no tolero la idea de tener habitaciones separadas. Yo no necesito aventuras, no necesito un espacio privado dentro de mi matrimonio. Quiero dos camas juntas, con sus mesitas de noche, como todavía se puede ver en los escaparates de las tiendas de muebles de la periferia. Quiero hasta la misma imagen del Sagrado Corazón sobre las camas. Y en la otra cama, a mi lado, quiero a Anna. Y, si morimos, junto a mi tumba, la tumba de Anna. Creo que desde este punto no hay vuelta atrás. Un hombre y una mujer viven felices según todos los síntomas, respetando las leyes humanas y las divinas. Un hombre que ama a una mujer tiene derecho a ese tipo de vida. Aunque todavía sigo sin saber lo que significa amar... ¿Acaso se puede saber? ¿Y de qué sirve saberlo? No tiene nada que ver con la razón. Seguramente el amor es algo más que el conocimiento. Conocer a alguien no es mucho, tiene unos límites... Amar debe de ser algo parecido a seguir el mismo ritmo, una casualidad tan maravillosa como si en el universo hubiese dos meteoros con la misma trayectoria, la misma órbita y la misma materia. Una casualidad tal que no se puede ni calcular ni prever. Tal vez ni exista siquiera. ¿He visto yo algo similar? Sí, quizá..., muy pocas veces..., y ni siquiera estaba seguro del todo. La identidad en la vida y en el amor. Dos personas a las que les gustan las mismas comidas y la misma música, que caminan al mismo ritmo por la calle y que se buscan al mismo ritmo en la cama: quizá sea eso el amor. ¡Qué cosa más rara debe de ser! Como un milagro... Yo imagino que los encuentros de ese tipo deben de ser místicos. La vida real no se basa en tales probabilidades. Creo que las personas que siguen el mismo ritmo, que segregan sus hormonas al mismo tiempo, que piensan lo mismo de las cosas y lo expresan con palabras idénticas... Bueno, creo que eso no existe. Una de las dos será más lenta y la otra más rápida, una es tímida, la otra osada, una ardiente, la otra tibia. Así es como hay que tomar la vida, los encuentros... Hay que aceptar la felicidad así, en su estado imperfecto. Al fin y al cabo soy médico, no un soñador lunático. Mi consulta se llena a diario de personas que se quejan de falta de amor, que no se atreven a mostrarse tal como son, que se lamentan de su soledad con desesperación. Sé que ya es bastante no estar solo. Y que es mucho tener la aprobación del otro. Hay tanto desengaño, tanta soledad, tantos deseos que la naturaleza no puede respetar... Yo no estoy solo, Anna vive conmigo, duerme a mi lado, en el salón está la mecedora, ambos viajamos juntos, leemos los mismos libros, Anna no tiene otra vida que la que yo conozco. Por mi trigésimo segundo cumpleaños, Anna me regala una caja para mis cuellos de camisa con un bordado que ella misma ha hecho, me la entrega con un gesto irónico. Celebramos nuestras costumbres burguesas con la complicidad de dos actores. Sí, en la medida en que lo permiten las leyes humanas y divinas, se puede ser feliz en este mundo. Nosotros lo somos.

16

—Un día vuelvo a casa a la hora de siempre, a la una y media. —El tono es el de un conferenciante, parece que recita una lección—. Estamos a finales de octubre, lleva dos días lloviendo. En el recibidor, la criada me ayuda a quitarme el abrigo y con un trapo me limpia el barro de los zapatos. El piso se calienta desde una caldera que se encuentra en la cocina, y en cuanto entro me doy cuenta de que Anna ha mandado encenderla por primera vez en esa temporada. El primer día de calefacción es como una pequeña fiesta, un momento de regocijo... El recibidor se está calentando, huele al petróleo de los radiadores; me estremezco, tal vez he cogido un poco de frío. Me alegro de encontrar la casa caliente. Entro en la habitación con pasos lentos, en silencio; Anna está sentada ante su escritorio redactando una carta. Por la mañana le he pedido que encargue unos instrumentos nuevos para reemplazar a otros que ya están desgastados, y antes de comer se ha sentado a escribir las cartas necesarias. Yo me coloco detrás de ella, miro su letra suave, su escritura rápida, su cuello inclinado hacia delante. Lleva un vestido de paseo azul marino: debe de haber ido a la ciudad por la mañana. Ella no levanta la cabeza, tiene que terminar la carta, solamente me tiende la mano izquierda. Se la beso y permanezco de pie detrás de ella. Miro el termómetro que cuelga al lado de la ventana: diecisiete grados centígrados. Una temperatura muy agradable. De todas formas, sigo sintiendo frío. Voy a la consulta y me tomo una aspirina. Quizá te sorprenda que me acuerde con tanto detalle de ese día, de esas horas.

Mira fijamente a Kristóf y espera la confirmación de sus palabras. Pero el juez calla.

—A mí también me sorprende. Sólo recordamos con tanta precisión los días marcados por algún acontecimiento histórico del que hemos sido testigos, o por la muerte de algún familiar muy querido. Al hablar de un día así damos importancia capital a los detalles más insignificantes; decimos: era martes, la una y media de la tarde, veintiocho de octubre; o bien: yo me encontraba en un rincón, alrededor de las dos y media llegó el médico, unos minutos antes de las tres el enfermo pidió una limonada y, cuando murió, el reloj marcaba exactamente las tres y cuatro minutos. Los detalles no tienen ningún sentido en sí, pero continuamos arrastrando su recuerdo a una escala exagerada. No hay otra forma de entender..., así que nos agarramos a los desechos del mundo real, pues lo ocurrido es tan incomprensible que necesitamos algunos puntos de apoyo para no perder el equilibrio.

Se detiene un momento para reordenar sus pensamientos.

—Sí, lo recuerdo perfectamente. Comemos en silencio. Después del café me voy a la consulta, tengo un paciente a las tres en punto. Estudio su caso desde hace varias semanas. El enfermo sufre demencia; no es grave, podrá vivir muchos años, aunque sus obsesiones son muy desagradables. Se trata de un hombre inteligente, de unos cuarenta años, un funcionario del Ministerio incapaz de controlar sus emociones. Lo que dice es coherente, incluso dice cosas muy interesantes, pero las dice como si hablara en sueños, como si las recitara muy lentamente, con el semblante rígido, como en trance... Recuerdo el diagnóstico de un médico alemán sobre un caso parecido, de modo que busco su estudio entre mis papeles. Estoy de pie en la consulta, detrás del escritorio, hojeando el ensayo, y de repente me doy cuenta de que me falta algo. Mis dedos buscan de manera automática... Claro, serán las cerillas... Pues no, las tengo en la mano. Me enciendo un cigarro. La sensación de que algo falta es cada vez más fuerte, más irritante. A lo mejor he olvidado algo... Sí, lo habré dejado en la habitación de al lado... Voy al comedor. La criada ha quitado la mesa y ha abierto una de las ventanas para que se ventile la habitación; me acerco y la cierro. ¿Qué quería? No me acuerdo. Sigo fumando mi cigarro, regreso a la consulta, me pongo otra vez tras el escritorio, miro distraídamente los objetos, los papeles, el estetoscopio, el tensiómetro, la lupa, el martillo, los demás instrumentos alineados en las vitrinas: tijeras, pinzas, bisturíes, recipientes, jeringuillas de varios tamaños; el contenido del armario de los medicamentos: frascos de morfina, de insulina, de nitrato de plata, de yodo, bálsamo, gasa, esparadrapo... Los enfermos llegarán enseguida. Comienza la función, la cura de siempre, como ayer, como hace cinco años: todo y todos están en su lugar. Yo también, sí..., yo también estoy en mi lugar, en mi consulta, en mi casa; en una de las habitaciones me espera Anna, tengo dinero en el banco, no mucho pero suficiente para este año, quizá todavía para el próximo, y más adelante, ¿quién sabe? ¿Por qué preocuparse por un futuro tan lejano? Todo está bien, todo está en orden a mi alrededor, Anna cuida de mis cosas, veo el rastro de sus manos por todas partes; es ella la que ordena mis papeles y mis instrumentos para que todo esté al alcance de la mano. Eso hace que me sorprenda aún más este afán por buscar algo, algo que me falta... No, no me falta nada. He comido bien, tengo en la boca el sabor del café y el aroma del cigarro, y todavía siento el gusto dulce de la copita de licor suave... Me siento ligero, un poco mareado. ¿Habré olvidado algo? Echo un vistazo a mi agenda de trabajo. A las tres, el funcionario con demencia, después un caso de dispepsia y el general con insomnio, luego, la viuda del juez que asegura que es incapaz de tragar pero que sigue engordando, y por último, el revisor de ferrocarril que, tras veinte años de servicio impecable, durante una conversación con cierto tono de broma abofeteó al jefe de estación... Sí, todo eso está en orden. Entonces, ¿qué es lo que falta? ¿Qué estoy pasando por alto, de qué o de quién me he olvidado? ¿Por qué siento esta inquietud que va aumentando minuto a minuto? Abro la puerta, me acerco a la habitación de al lado y llamo en voz baja a mi mujer: Anna.... Nadie responde. Llego de puntillas a la puerta y miro por la rendija: está acostada en el sofá, cubierta con una manta verde; estará cansada, tiene ojeras, está en el periodo... Cierro la puerta con cautela y regreso a la consulta de puntillas. Todo está en su sitio. Adelanto las manecillas del reloj de pared, va tres minutos atrasado. Y en ese momento..., ¿pero es posible que fuese justo en ese momento? ¿Existen momentos así? ¿Se pueden medir esos momentos?... No sé. No sabemos nada. Lo que digo no es objetivo. No tengo pruebas de nada. No quiero convencerte de nada... Te lo cuento como puedo..., como tengo que contarlo, de la única manera posible.

Mira al juez, que mantiene su imperturbable postura.

—En ese momento pienso que nada tiene sentido. Miro a mi alrededor. Todo me resulta conocido, todo está perfectamente ordenado, en su sitio exacto, situado en el tiempo y en el espacio: ésta es mi casa, mi nombre figura en la puerta, mi dirección y mi número de teléfono están en la guía, éstos son mis muebles, en esa habitación está descansando mi querida Anna... Todo está bien y, sin embargo, así, todo junto, carece de sentido. No sé cómo explicarlo. No lo comprendo ni yo mismo. ¿Qué sentido tiene todo? Bueno, quizá no deba tener un sentido determinado. Es la realidad, sí... Pero entonces, ¿qué ha ocurrido? Salgo al recibidor, en el perchero está mi abrigo tal como lo ha colgado la criada, en la pared está el grabado con la vista de Oxford, y al lado, el barómetro con la figurita del señor con paraguas y la señora con sombrilla. Ahora es el señor quien está en primer plano. Sí, sigue lloviendo. Vuelvo dentro; me gustaría despertar a Anna, mas ¿qué podría decirle? No obstante, siento que debería aclarar algo antes de que lleguen mis pacientes... En ese estado no puedo trabajar, no me encuentro capaz de curar, ni siquiera de vivir. ¿Vivir? Hago una mueca de disgusto. ¡Qué exageración! Me siento en la consulta, oigo voces en el recibidor, oigo la voz profunda del funcionario y luego la voz de la criada. Esto no va bien, pienso. Hay que arreglar algo enseguida. Habría que cambiar los muebles de sitio. Habría que cambiar el sistema de calefacción: en vez de calefacción central, quizá deberíamos poner varias estufas de leña. Habría que salir de viaje unos días. Tal vez sería una idea inteligente y acertada cambiar de profesión. Tendría que hablar con Anna, pero ¿qué debería decirle? Hemos hablado de todo y no hay nada que arreglar en este momento. Miro la lámpara y la enciendo pensando que quizá me faltaba la luz; ya está encendida, ya hay luz, así todo adquirirá sentido. Pero la luz no ha servido de nada... Me pongo de pie de un salto, me llevo las manos al pecho, seguramente estoy muy pálido. ¡Anna! ¡Anna!, grito sin voz. Me invade un miedo terrible. Tengo la sensación de que ha ocurrido algo. ¿La sensación? No, sé con certeza absoluta que ha ocurrido algo. Anna está durmiendo, no puedo despertarla de golpe, sin una razón..., pero sé que algo ha ocurrido, ahora mismo, o hace un instante, o quizá hace años y ahora acabo de darme cuenta, porque ese algo ha tardado en llegar hasta mí, al universo de las ideas y de lo tangible, como la luz de una estrella extinguida, que llega a nuestro espacio particular mucho después de producida la tragedia. Tengo la sensación de que ese espacio nuestro, tan real, es más pequeño y más limitado que el mío, tan oscuro, tan caótico e infinito... Algo ha ocurrido en algún momento, pero ¿cuándo? ¿Quién sería capaz de fijar, de fotografiar, de definir con seguridad el instante en el que algo se ha roto entre dos personas? ¿Cuándo ha sucedido? ¿Por la noche, cuando dormía? ¿Al mediodía, durante la comida? ¿Hace un momento, cuando he entrado en la consulta? ¿O hace tiempo, mucho tiempo, y no llegamos a advertirlo? Desde entonces seguimos viviendo, charlando, besándonos, durmiendo juntos, buscando la mano del otro, su mirada, como marionetas que siguen funcionando durante una temporada aunque parte de su mecanismo esté roto... Incluso a un muerto le siguen creciendo las uñas y el cabello; quizá hasta sigan vivos algunos de sus nervios aunque los glóbulos rojos ya hayan muerto... No sabemos nada. ¿Qué puedo hacer ahora? ¿Qué focos debo encender para encontrar en este oscuro laberinto el momento, el instante preciso en que algo termina entre dos personas? ¡Pero si no ha ocurrido nada en absoluto! Anna no me ha «traicionado»... De repente casi deseo que ella tenga a alguien, que haya un contrincante de carne y hueso a quien pueda desafiar y matar..., pero no hay nadie. Sólo estamos nosotros dos, ella y yo. Y esta oscuridad. Estos muebles, esta casa, esta profesión que de improviso ha perdido su razón de ser, se ha reducido a una fórmula química cuyo contenido se ha evaporado. Todo es tenebroso, caótico, nada tiene sentido ya. El contenido, la razón de ser de la vida se ha esfumado. ¿Hasta cuándo se puede seguir viviendo así? Mucho tiempo, ya lo sé. Tengo pacientes que llevan viviendo así muchos años, en la oscuridad, caminan eternamente por el borde del precipicio, un

166

precipicio de profundidad incalculable donde no hay nada, donde no existe nada en absoluto..., sólo el vacío y la negrura. Anna duerme y yo pienso que está durmiendo un sueño mortal. ¿Qué nos espera ahora? Ponernos en camino en medio de la oscuridad, en el mundo gris, vacío y frío..., y vivir así muchos años. Comer, dormir, hacer el amor..., sí, ¿por qué no? Como hasta ahora. Porque ya sé (también la negrura y el vacío tienen sus matices) que vivimos así no desde ayer ni desde el año pasado, sino desde que nos conocimos. Uno no se da cuenta. No quiere darse cuenta, no se atreve a ver que la vida, de pronto, carece de sentido, de contenido... Ni los más grandes se atreven. Tolstoi tenía cincuenta años cuando ese... vacío invadió su vida. Él tampoco lo soportó. Nadie lo soporta. ¿Dónde puedo refugiarme? ¿En la vida? ¿Y qué es la «vida»? ¿Una especie de teatro con mujeres pintadas, con panderetas, con focas amaestradas? ¿Debo intentar hacer dinero? ¿Refugiarme en el trabajo? Sin embargo, todo cobra sentido si está Anna. La vida..., la vida es Anna. Está durmiendo y yo sé que no tiene nada que ver conmigo, que no tenemos nada en común. ¿Quién me la ha arrebatado? Me entran ganas de salir a buscarlo y de encontrarlo, y entonces, a ver qué ocurre... A lo mejor lo traigo aquí para que viva con Anna. La vida tiene tantas formas… Lo único que quiero es que desaparezca ese vacío. Así empezó. Y así seguimos viviendo cuatro años más. —Levanta el dedo índice y prosigue—: En el lenguaje médico eso se llama insensibilidad. Es un concepto muy útil en la medicina. En la vida no explica nada. Un día, después de cuatro años de matrimonio, después de cuatro años de convivencia en lo bueno y en lo malo, me entero de que Anna es así... No lo había notado antes. No es fácil notar eso... Anna tampoco sabía nada. Se trata de un fenómeno frecuente. Cuando... cuando me lo encuentro lo observo de cerca..., lo examino detenidamente, apunto mis observaciones para el diagnóstico y me sorprendo con su frecuencia. Allí donde miro hay algo semejante. Al analizar cualquier tragedia vital, en el fondo siempre encuentro lo mismo. Las familias se desintegran, la gente se refugia en la muerte o pierde su capacidad de trabajo, no encuentra su sitio, su sentido de la responsabilidad social se desvanece... Las familias se vuelven frías, los sentimientos desaparecen, se cubren de polvo y, un día, se desintegra la vida..., y detrás de todo eso descubro a una compañera frígida. Me resisto a creerlo. Empiezo a investigar, a estudiar. Prescindo de cualquier teoría, de cualquier método científico y salgo a la selva yo solo, con mi machete. Tengo que atravesarla. No puedo ni debo resignarme. Hallo algunas señales alentadoras. Al final intento sacar una conclusión. En algún momento hay que llegar a las conclusiones... Me digo el diagnóstico con aire de importancia: la frigidez es, ante todo, una consecuencia de índole social. Sus razones pueden ser de tipo educativo, circunstancial, anímico; es el precio de la civilización. Es más fuerte en aquellas personas que, debido a su situación social, asumen una mayor responsabilidad con esa civilización. En las capas sociales más bajas se presenta de forma menos marcada. He podido observar que en nuestra clase social casi todas las mujeres son frígidas.

Lo afirma con una voz tajante y dura. El juez propina un golpe seco en el escritorio con el abrecartas. Es un gesto decidido, innato, que inspira respeto.

—Me vas a perdonar —replica—, pero estás generalizando y cualquier generalización es una frase barata. Barata y peligrosa.

Se pone a toser. El médico aguarda a que termine el ataque de tos.

—He hablado con cautela —dice con terquedad—. He dicho: «casi» todas las mujeres y en «nuestra» clase social. Me parece un fenómeno causado por el alto grado de civilización. Los afectos se enfrían. Incluso las formas de vida se enfrían. A veces es posible encontrar la causa, la razón concreta; el azar, la casualidad o la dedicación profunda pueden sacar algo a la superficie, a la luz... Pero en la mayoría de los casos no consigo averiguar nada. Sólo puedo definir el fenómeno, no logro descubrir la razón o las razones. Algunas veces consigo aliviar las molestias..., pocas veces. Me da vergüenza tener fama de médico curandero capaz de hacer milagros. Hay personas con problemas graves que acuden a mí esperando ayuda. Y no puedo ayudarlas. Sólo puedo aliviar los síntomas, explicarles algunas cosas, tranquilizarlas. Soy un embaucador: mis pacientes no me interesan. Imagínate que una persona a la que amas está gravemente enferma..., y la única forma de curarla es hacerle la autopsia mientras está viva, abrirla, analizar y experimentar con la materia viva, porque así a lo mejor encuentras el modo de salvarla... Me gustaría curar a Anna. Ella también lo sabe ya. Hay algo entre los dos que impide que ella esté totalmente conmigo. Su cuerpo es dócil, su alma está dispuesta a todo, y, sin embargo, se resiste a entregarme su secreto más profundo, su única propiedad privada, lo más importante para ella, un recuerdo, un deseo, algo, no sé. ¿Qué significa esa nimiedad comparada con la infinitud de una vida entera? La naturaleza trabaja con enorme derroche: sólo en el cerebro humano hay seiscientos mil millones de células. ¿Qué importa, pues, una sensación oculta, una emoción inconsciente? A veces me parece que no importa mucho. Y otras pienso que todo depende de eso. Por supuesto, no se puede vivir con esta tensión permanente. Intento servir a los demás, lo que para mí constituye el único sentido de la vida. Tengo que trabajar, cueste lo que cueste. Me hago la autopsia a mí mismo. Sin piedad. Me tumbo en la mesa del quirófano y examino todos mis sentimientos y mis recuerdos con la esperanza de que la culpa sea también mía, de que me haya equivocado, de que no haya amado a Anna, de que no la haya amado lo suficiente, de que no haya sido lo bastante hábil o astuto..., porque quizá también necesitemos astucia para el amor. ¡El amor no es un idilio! Al mismo tiempo, me pongo enfermo. Mis colegas me examinan y me dicen lo que quiero oír. La primera crisis de la madurez. Incluso tiene nombre, todo tiene nombre: depresión, me dicen, arritmia cardiaca. El alma no es capaz de asimilar una emoción y la traslada al cuerpo, provocando disfunciones en el organismo. No es grave, pero en ocasiones puede empeorar. En nuestro cuerpo hay un extraño sistema de transmisión cuyo funcionamiento no conocemos todavía. Depresión, ansiedad, eso es todo... Aparece sin razón alguna y luego desaparece, se marcha igual que llegó. Tú no sabes de lo que hablo: eres un hombre sano, no tienes emociones ni pasiones reprimidas.

Lo ha dicho con ligereza, sin concederle importancia, pero el juez se ha puesto pálido. Su frente se ha llenado de un sudor frío. Saca su pañuelo con disimulo para secarse.

—Existe una teoría según la cual este sentimiento de angustia es típico de las civilizaciones que se extinguen, rígidamente encerradas en su cultura. Tienes razón, no son más que teorías. Pero los síntomas siguen ahí. Es un sentimiento muy desagradable. Un sentimiento... humillante. Es como si hubieras tenido un descuido grave, como si hubieras faltado a tu deber. Pero ¿cómo es posible sentir algo así? Hemos vivido de este modo otros cuatro años. Y luego, Anna no ha aguantado más. Parece que no se puede aguantar una tensión así. En el octavo año de nuestro matrimonio decidimos divorciarnos. La noticia sorprende y entristece a nuestros conocidos. Siempre hemos sido un matrimonio perfecto. Nos ponían como ejemplo. Nunca nos hemos engañado. Jamás hemos discutido. Se trata únicamente de que no hemos podido soportar lo que nos callábamos ante el otro. Ya sabes, esa propiedad privada... Anna se va de viaje y pasamos seis meses separados.

17

—¿Cómo fueron esos cuatro últimos años, esa segunda etapa de nuestro matrimonio?

Lo pregunta casi para sí mismo, mirando por la ventana. La calle aún sigue a oscuras. El salón se ha ido enfriando. Kristóf está cansado, tirita, se frota las manos. Imre Greiner está sentado con las manos juntas; a veces las separa, se contempla las palmas y vuelve a juntarlas.

—Yo no comparto... Intento refutar esa teoría. Hay algo dentro de mí que se rebela contra ella. La vida es una síntesis. Es preciso mantenerse juntos, unidos, soportar la vida, rebelarse contra la angustia. La fuerza de voluntad existe, sí que existe... Y con ella se pueden conseguir muchas cosas. También existe la cura. Yo la conozco. No se sabe por qué, pero uno se cura. Detesto ese vértigo, tiene algo de inmoral. Es preciso mantener las cosas unidas, el cuerpo y el alma, creer, tener fe, mirar hacia arriba, hacia la razón. Allí arriba está la luz... Sólo las aguas abisales están pobladas de sombras, de bestias inmundas, de seres fantásticos que nadan y se desplazan por las profundidades sin que su existencia tenga sentido alguno. ¡Arriba, hacia la luz! ¡Allí está el rostro de Anna, en la luz! ¡Que se guarde su secreto! Ahora sé que no puede ser de otra manera, que no existe la entrega absoluta, que el destino está hecho de circunstancias y casualidades. Debemos conformarnos con lo que tenemos. Con los restos. Yo me conformaría incluso... Ya sabes, cuando se trata del conjunto, cuando todo está en juego, o todo o nada, uno se vuelve más humilde. Anna no está del todo conmigo cuando está a mi lado..., es difícil explicarlo..., incluso esta noche es difícil.

Imre mira a su alrededor. Parece estar buscando las palabras para continuar.

—Durante un tiempo, ella sigue anhelando la absolución, la anhela con la ansiedad atormentada de la estudiante modelo que quiere resolver a toda costa una fórmula algebraica. Anna es buena, Anna es pura, Anna me quiere. Al fin y al cabo también se puede vivir así... Mucha gente vive así. ¿Dónde acabaríamos si todos quisiéramos llegar a la solución perfecta, a la verdad absoluta? ¡Hay tantas cosas más!... Existen la paciencia, el servicio a los demás, el mundo infinito... Sin embargo, ya ves, todo eso está vacío, misteriosamente vacío si tus intereses no están motivados por ninguna corriente. Esa corriente extraña que hay entre tu persona y la otra... La vida se reduce a eso. Por supuesto, hay otras cosas que nos permiten pasar por la vida. Pero la maquinaria va funcionando sin sentido, sin servir para nada. Yo habría resistido, pero un día Anna sale huyendo, se retira del escenario..., y es que la casa en la que vivíamos hasta hace poco se ha convertido en un decorado y en unos bastidores; no tenemos nada que ver con ella. Las palabras que antes tenían un significado ya sólo sirven para comunicar hechos. —Su voz se hace aún más queda—. Y así transcurren cuatro años. Cuatro años. Cuatro años de espera. Cuatro años de experimentos médicos, de intentos de cura y de cambios, de vida social, de soledad, de narcóticos. Cuatro años de infierno.

—Perdóname la pregunta, Imre —lo interrumpe Kristóf Kömives, hablando suavemente, casi con delicadeza—. ¿Tú nunca has sido..., quiero decir..., tú no crees en nada?

—A esa pregunta no sé responder.

Se han quedado callados. La puerta se abre un poco, muy despacio, y por la rendija entra *Teddy*, el nervioso airedale; se acerca con cautela, inseguro, con el pelo erizado, temblando, muy manso. Estará nervioso todavía, piensa Kristóf. Le gustaría mandarlo a su sitio con el gesto de un amo, pero las manos le pesan como si fueran de plomo, han perdido la capacidad de movimiento. Además, se siente raro. Recuerda una frase de la Biblia que ha vuelto a leer hace poco, grabada en un monumento funerario: «El amor nunca se acaba.» Desearía pronunciarla en voz alta, pero algo le oprime la garganta. Se ha hecho muy tarde, debe de estar a punto de amanecer. Pero él no está cansado, sino vivo, despierto, atento; hace mucho que no se sentía tan fresco, tan descansado. *Teddy* se sienta delante del médico, apoya el hocico en la rodilla del desconocido y lo mira con ojos curiosos y pacientes. Imre acaricia lentamente la cabeza del animal.

—¿Qué más podría contarte de estos cuatro años? —dice inclinándose sobre el perro, como si le preguntase a él—. En ellos ha habido algo infernal. No ha habido dignidad... Y sin dignidad no se puede vivir. Por lo menos ella, Anna, no puede vivir sin dignidad. Así que se marcha. Ha estado de viaje seis meses. Su abogado inició los trámites de divorcio. Y ayer por la tarde ella me llama por teléfono. ¿O fue antes de ayer? No me acuerdo..., los últimos días se me confunden. Llamó hacia las seis. Acababa de llegar. ¡Su voz sonaba tan extraña por teléfono! Se había alojado en un hotel. Me dijo que sí, que lo sabía, que mañana por la mañana..., su abogado la había avisado por carta. Luego se quedó callada. He estado seis meses sin verla. ¿Qué le habrá ocurrido en todo ese tiempo? ¿Dónde he estado yo? ¿Qué me ha ocurrido a mí? Son cosas que no se pueden explicar. Hay que contarlas todas a la vez, con un solo aliento, de un tirón. Oigo su silencio a través del hilo telefónico, que sale de alguna cabina de la ciudad. Después dice que quiere hablar conmigo. Y enseguida añade que no me preocupe, que no pasa nada. Todo será tal como hemos acordado. Sabe que eso no es muy prudente y que tal vez sería mejor no vernos, pero, por otro lado, hemos estado siendo prudentes demasiado tiempo. Yo guardo silencio. Añade que está muy cansada. Quizá pueda ir a verla... Se aloja en uno de los hoteles que están a orillas del Danubio. Me facilita la dirección y me ruega que apunte el número de su cuarto, que no pregunte en recepción ni diga mi nombre. Todo es tan raro, tan siniestro... Siento un escalofrío. ¿Que vaya a verla a un hotel, que no diga mi nombre?... ¿Que hablaremos? ¿De qué?... ¿Saldrá a recibirme? ¿Cómo se vestirá para el encuentro? ¿Y luego qué sucederá? ¿Llamará al servicio de habitaciones? ¿Pedirá unas tazas de té? Todo es tan extraño y tan retorcido, tan terriblemente absurdo... El sufrimiento no me deja responder más que con una especie de risa nerviosa. Me veo, con una nitidez horrible, en la habitación de un hotel, delante de Anna, con el sombrero en la mano, y ella me invita a sentarme... Quizá me diga incluso que me sienta en mi casa... El cuarto estará lleno de su ropa, de sus maletas; seguramente estará también la maleta de cuero rojo que le compré hace año y medio en la calle Dorottya... Claro que también habrá cosas nuevas... Seguro. Esas cosas nuevas me dan miedo. Tal vez tenga ya una bata nueva. En esos seis meses le he mandado dinero más que suficiente; sé que al principio estuvo un tiempo en Estiria, en un sanatorio, y que luego se fue a Berlín, a casa de una amiga que lleva allí muchos años. También es posible que esté viviendo ya con otro hombre. Tal vez sea lo mejor, me digo. Pero en ese mismo instante siento que me traspasa un dolor agudo, el dolor que produce un bisturí al abrir el vientre de un cuerpo mal anestesiado. —Parece que, al recordarlo, el médico sintiera de nuevo ese dolor agudo—. No, creo que no podría afrontar ese dolor. No sé muy bien cómo reacciona alguien ante un dolor así. Quizá se ponga a pegar golpes y patadas por mucho que haya meditado y por muy buenas que sean sus intenciones... Será mejor que me quede en casa; es más, me gustaría evitar el encuentro. Yo siempre he odiado a las parejas que «se separan como amigos» y después del divorcio siguen viéndose, hablan cordialmente, cenan juntos, intercambian confidencias, se hacen buenos amigos. Yo no quiero convertirme en ningún buen amigo. Mañana al mediodía nos divorciamos. Ya conozco el nombre del juez que declarará el divorcio, fue compañero mío en el colegio. Y después, no quiero volver a ver a Anna. No soy generoso. No quiero convertirme en su confidente, en un amigo generoso. A partir de mañana no quiero ser nada ni nadie para Anna. Me alegraría saber que ya no vive en Europa..., sí, me alegraría enterarme de que ha muerto. ¿Qué clase de personas son ésas que después de un divorcio pueden conservar la amistad y la confianza? Yo he estado atado a Anna por lazos más fuertes, más puros, definitivos. Yo quise amarla totalmente, sin secretos..., y ahora deseo enterrarla totalmente, con todos sus secretos. No deseo saber nada de encuentros amistosos. Detesto esas cosas. Y, de repente, me dice: «Espérame en casa», y cuelga el teléfono.

Levanta la cabeza del perro con las dos manos, y con los pulgares le baja el labio inferior y observa los dientes, sanos y fuertes, de un amarillo ambarino.

—La consulta está vacía, todos los enfermos se han marchado. Me paseo por toda la casa. En los últimos seis meses he vivido solo. Incluso despedí a la criada... Ya sabes que cuando una criada lleva mucho tiempo en una casa se convierte en una especie de cómplice, en un testigo de los pecados de sus habitantes, pecados que no figuran en vuestros libros de leyes. Por las mañanas va una mujer a limpiar, pero yo intento mantenerla al margen de todo... Uno no sabe de qué tendrá que avergonzarse un día... A veces le prohíbo entrar en el dormitorio, como si alguna extraña hubiese pasado allí la noche. En realidad, nunca ha habido nadie. Ninguna, en seis meses. Estos seis meses... quizá no han sido los peores. Han sido como un espacio vacío, un espacio vacío de recuerdos. Los cuatro años anteriores, los ocho años anteriores, los treinta y ocho años anteriores fueron peores. No es que haya estado tranquilo, pero no he sentido ningún dolor especial. Es una sensación semejante al bienestar eufórico que notan los enfermos graves poco antes del final. Y ahora ese bienestar se ha acabado, ha terminado. ¿Debería irme de casa? Me entran ganas de huir. Vamos a estar por toda la casa; no puedo decirle a Anna que se siente en el salón. ¿Y qué va a ocurrir después? ¿Vamos a discutir sobre los muebles, como al principio? Una vida conyugal suele empezar así, pero ¿cómo termina? Me detengo en el recibidor a oscuras, es como si sonara una campana de alarma. Ése es mi estado de ánimo mientras espero a Anna. Llega, toca el timbre. Lo toca con cautela, con brevedad. Luego todo cambia. Es mucho más sencillo de lo que imaginaba. No sé cómo la recibo, con qué palabras, no sé si le beso la mano o si se la estrecho de lejos... ¿Cómo está? La conozco muy bien, pero sus zapatos, su bolso y su sombrero son nuevos. Parece muy cansada. Pasamos a la consulta como si ambos buscásemos la neutralidad de la zona de trabajo. Anna se tumba en el diván, un diván destartalado, donde se acuestan tantos enfermos exhaustos. Preparo un té. Anna no pretende actuar como la señora de la casa, no utiliza tonos falsos, no husmea por las habitaciones, no mira con celos disimulados si algo ha cambiado de lugar. Está tumbada en el diván con los ojos cerrados; se ha tomado el té. Yo me siento a su lado, le cojo la mano y ella sonríe débilmente, sin abrir los ojos. Los dos permanecemos callados. Observo su rostro: es tan familiar, tan dolorosamente familiar… Está muy pálida. Sobran todas las preguntas, ya no quedan esperanzas. ¿Por qué ha venido? ¿Qué más puede decirme? ¿No habría sido más inteligente encontrarnos mañana ante el juez, verla del brazo de su abogado y vivir entre extraños los últimos momentos de un matrimonio hecho pedazos tras ocho años de convivencia? Callo porque hablar sería como hurgar en una herida. No se puede hacer un aparte y hablar como en las viejas obras teatrales; cada palabra abriría todas las heridas de golpe, y no sé cuál sería el resultado… Transcurren así varias horas. Hacia la medianoche se incorpora, sin soltarme la mano, y empieza a hablar. Quiere decirme algo más. Ella lo sabe desde hace tiempo, pero entre saber y tener la certeza hay una gran diferencia. Uno vive, sabe algo, sus pensamientos y sus sueños están impregnados de ese conocimiento, piensa continuamente en ello, pero no con palabras sino con imágenes. Luego, un día, lo sabe con certeza. Y entonces ya no puede hacer nada. Como en una partida de ajedrez, cuando ya sólo podemos avanzar hacia la izquierda o la derecha y no hay otra posibilidad. Nos queda sólo una jugada, pero también podemos renunciar a terminar la partida. Eso es lo único que nos permite la vida. El adversario, ese contrincante invisible, no nos da jaque mate; podemos seguir viviendo así, sin esperanzas, con la posibilidad de avanzar hacia la izquierda o hacia la derecha. Pero ahora ella tiene la sensación de que ya no le quedan jugadas, de que ya no puede articular ni un paso. Se ha quedado arrinconada y está harta de tener sólo esas dos posibilidades. Dios mío, está harta… Ésas son sus palabras. Cree que ya es suficiente. Mientras la escucho, le palpo una vena y le tomo el pulso

177

sin darme cuenta. Su corazón late despacio, con calma. No está nerviosa, no está fuera de sí. Habla con sensatez, con largos silencios, interrumpiendo sus palabras a menudo. Pasamos la noche hablando en voz baja, sin hacer escenas, sin sentimentalismos, con objetividad.

Mientras Imre Greiner habla, continúa observando con atención los dientes de *Teddy*, que se deja examinar pacientemente.

—Ahora puede hablar de ello porque ya no le hace daño. Para conocerse a uno mismo, para comprenderse, es preciso vivir un tiempo en soledad, en una soledad profunda, y ella ha vivido en soledad. Al principio se resistía a seguir ese camino, su alma no estaba preparada, se tuvo que acorazar para poder analizar y comprender. Y un día, ocurre. ¿El qué? El encuentro del que antes hablaba, el encuentro consigo misma. Debe de ser terrible... Yo no me atrevería. Mi trabajo, mi carácter, mi lugar en el mundo, todo se basa de alguna manera en algo que me impide conocerme del todo. Pero Anna sí que ha vivido ese momento. Y sabe que la huida es imposible. Es un sentimiento de soledad infinita, inconmensurable. En ese espacio vacío no hay nadie a quien pedir ayuda. Hay que soportarlo. Sucedió en Berlín: un día recibe una carta de su abogado, el que tramita el divorcio. El abogado le indica la fecha fijada para el juicio y le comunica el nombre del juez que presidirá la sala. El juez Kristóf Kömives. También le cuenta otras cosas, que ha hablado conmigo, que ya hemos acordado el importe de su pensión... Y de repente lo comprende todo, tiene la certeza. No tiene nada de extraordinario. Es parecido a una orden, a un golpe. Lo extraordinario es la fuerza con que el alma se ha mantenido cerrada para no oír esa orden. Durante ocho, nueve años... Anna lo calcula con exactitud: durante diez años y tres meses. Fue entonces cuando te vio por primera vez, en un baile. Ella tenía veinte años, tú ya eras juez. Y todavía estabas soltero. Lo demás... Lo demás ya lo sabes. Ahora ya lo sabes. No intentes defenderte, no tienes motivos para ello; nadie te acusa de nada, no es culpa tuya..., quizá no sea culpa de nadie. Pero tengo que hacerte una pregunta. Una sola pregunta. Creo que ya te lo he preguntado antes, o he estado a punto de hacerlo... Ahora te lo repito. Quizá..., ahora que ya lo sabes..., ahora que ya puedes entender la pregunta... ¿Alguna vez, en estos últimos ocho o diez años..., has soñado con Anna?

Su voz suena humilde y suplicante, casi tranquilizadora; suena como la voz de un médico y como la de un mendigo. Kristóf Kömives da tres golpes secos sobre la mesa con el abrecartas y luego lo tira a un lado.

—¿Sueños?... ¿Pero qué dices? —inquiere con voz ronca, con un toque de desprecio—. La vida no está hecha de sueños.

—No, claro que no —el médico intenta calmarlo—. Tienes razón, los sueños no significan mucho. No influyen en la vida, no la iluminan..., o al menos son muy pocas las veces que tienen un efecto en la vida diurna. Eso sólo ocurre en la ciencia, en el arte, en la literatura. Pero tienes razón, los sueños, en la mayoría de los casos, sólo aportan confusión. Carecen de sentido. Los sueños casi nunca son la causa de nada, más bien son la consecuencia de algo. Aun así... —dice con humildad, como si siguiera rogándole—, compréndeme, yo sólo he venido por esto. Lo que te pido no es mucho. No es importarte para ti. Simplemente..., antes de tomar una decisión..., quiero saber la verdad. Un hombre en mi situación no puede pedir menos. Es como si le dieras a un mendigo una moneda. A mí me basta con una sola. Confiésalo... No, estoy exagerando, esa palabra es brutal... Ten piedad de mí, reflexiona, trata de recordar y regálame esa verdad confusa, sin interés ni utilidad. ¿Has soñado con Anna en estos últimos años?

Insiste con terquedad. El juez siente escalofríos, mueve los brazos entumecidos; lleva horas sentado sin moverse, tiene frío. Un escalofrío le recorre la espalda.

—Los sueños —dice muy despacio, como si tuviera que arrancar las palabras de algún sitio, de algún magma primigenio donde todas las palabras se confunden, se mezclan—, los sueños son tonterías —termina con dificultad.

—Sí, los sueños son tonterías. —Imre trata de tranquilizarlo rápidamente—. No son ni siquiera una bruma. Es así, no se puede hacer nada. Las imágenes y las sombras juegan con nosotros. ¿Has soñado con ella?...

Kristóf Kömives fija la mirada en la penumbra.

—Diez años, dices. Diez años... No me acuerdo.

—Lo creo, claro que lo creo. ¿Cómo me he atrevido a suponer que...? Uno no puede acordarse de todos los sueños tontos. Y si yo no hubiese aparecido aquí esta noche, quizá no habrías llegado nunca a enterarte... El alma humana, a veces, puede obrar milagros. Consigue encerrar y aislar por completo algunos pensamientos, algunos recuerdos, algunos deseos..., y lo hace a la perfección. Ya ves, Anna no lo supo durante mucho tiempo. Y cuando por fin se encontró con ella misma y comprendió todo aquello, igual que uno descubre la verdad, la realidad, como si hubiera descubierto que tiene pies y manos..., entonces no entendió de dónde había sacado la capacidad, la fuerza para evitar durante diez años tener que enfrentarse a esa realidad. Me aseguró que la resistencia había sido casi perfecta. Claro que los sueños... Con los sueños ya no había sido tan perfecto; el día lo llevaba bien; además, estaba siempre conmigo, yo la tenía entre mis brazos. Ella me amaba, de lo contrario no habría sido posible. Pero, por otro lado, estaba atada a ti. Esas cosas son difíciles de creer. Yo me resistía a creerlo..., y hasta ahora sigo sin creerlo del todo. Necesitaría alguna prueba más. Por eso estoy aquí. Ahora la cosa ya no tiene sentido práctico, con Anna muerta... Sí, la he matado. Se trata más bien de una cuestión teórica, profesional. De una prueba científica. Por supuesto, también me interesa desde el punto de vista personal... justamente porque Anna está muerta. Anoche me contó que os visteis por primera vez hace diez años y que ese encuentro fue para ella como si la tierra se hubiese abierto bajo sus pies, que aquel encuentro fue «eso» para ella... Las cosas así parecen órdenes. Nadie puede pasar de largo, nadie puede hacerse el sordo en una situación así. Ella creía, y así me lo aseguró anoche, que también tú debías de haber oído esa orden. Es imposible no oírla porque es más fuerte que un trueno. Nadie está tan sordo como para pasar de largo, mostrándose insensible a ella mientras resuena en sus oídos. Los encuentros así se producen una vez en la vida. Después, ya sabes, la otra persona pasa de largo. No se puede explicar. No es culpa de nadie. La vida continúa por su camino, la orden que debía ser escuchada por dos personas ya ha sido pronunciada. Os volvéis a ver en algunas ocasiones, luego tú te casas, entonces ya no hay nada; luego viene el día, la juventud, todo lo que denominamos el «orden de las cosas», llego yo, y de todo eso no queda más que un recuerdo borroso: la voz de un hombre, sus gestos, su figura con las raquetas en la mano durante un paseo por la isla Margarita. Eso es menos que nada. ¿Se acuerda de ti a veces? No es probable. A una joven agraciada le hacen la corte muchos hombres, y tú ni siquiera le has hecho la corte a Anna. Aunque hacer la corte... Las palabras no tienen importancia. Todo se queda en las fantasías de una chiquilla en sus primeros tanteos. Luego Anna empieza a vivir su vida con otro hombre. Ese hombre soy yo, nos amamos, nos amamos en lo bueno y en lo malo. Me lo entrega todo menos a ti. No lo sabe, no habla de ello, no piensa en ello. El modo en que los secretos arden en el alma debe de ser algo similar al incendio de una mina, que se va quemando con ese humo lento. A las imágenes diurnas las siguen los sueños en sus miles de variantes, con sus situaciones, sus figuras y sus rostros, y entre ellos también está el tuyo. Ella parece estar conmigo, parece estar despierta, pero no es así. En los momentos en que cree estar conmigo, eres tú el que se inclina sobre ella.

—¡Qué locura! —exclama Kristóf Kömives, e intenta ponerse de pie.

Pero el médico lo retiene con un gesto frío, resuelto, inapelable.

—¿Lo ves? Tú eres el único que puede hacer un diagnóstico de esto. Es posible que sea una locura, una manía, la obsesión de una mujer histérica. Sin embargo, si encuentro en ti la otra mitad del sueño..., entonces ya no es una locura. Entonces se transforma en una realidad. Una realidad como puede ser una montaña, un río o una casa. Entonces sí que existe otra realidad donde las cosas ocurren; los hechos, los actos, sí, incluso los objetos reflejan esa otra realidad, una realidad más verdadera. Si me respondes, si eres capaz de responderme, entonces Anna ha dicho la verdad. Todo depende de una palabra tuya. ¿No te atreves a pronunciarla? ¿Quieres que te lo ponga fácil? ¿O es que no conoces esa palabra? ¡Contesta! —dice en tono provocativo, y se levanta.

Se pone delante de Kristóf y se yergue. Da la sensación de que ha crecido. La postura que adopta frente a él transmite soberbia, es como un desafío.

—No puedes... Te entiendo, debe de ser difícil... Porque entonces todo lo que has construido a tu alrededor, todo lo que reposa tranquilo aquí sólo es un malentendido, una especie de equivocación... ¡Contéstame! —Se inclina sobre el juez y se apoya en su escritorio—. Anna ya ha contestado. Estaba tan segura que se atrevió a contestar. Al amanecer, una vez que me lo hubo contado todo, fui a la cocina y preparé un poco de café, porque ella temblaba de frío. Cuando volví se había quedado dormida. La cubrí con una manta y me senté a su lado. Estaba amaneciendo. Dormía profundamente, y por momentos temblaba en sueños. Busqué otra manta y se la puse en los hombros. Llevaba ya dos horas durmiendo... Y fue entonces cuando me di cuenta... Tenía espuma entre los labios. El frasco lo encontré en el escritorio de la consulta. Se había tomado el contenido mientras yo estaba en la cocina preparando el café. Eran las cinco y media de la madrugada. El veneno había empezado a hacer efecto. Yo conozco bien el organismo de Anna, lo conozco como si su cuerpo fuera el único del mundo. Uno actúa de forma mecánica en estas situaciones, aunque no sea médico. Yo sabía que aún no era tarde. Para que el veneno acabe de surtir efecto son necesarias cuatro o cinco horas. Mis reflejos de médico funcionaron, sabía cuál era mi deber. Saqué la bomba para el lavado de estómago de un cajón de mi escritorio y descolgué el teléfono para llamar a una ambulancia. En momentos así no se piensa, no se siente nada; ya ves, de pronto me había vuelto a transformar en médico. A veces los nervios funcionan a una velocidad de vértigo. Llené una jeringuilla con un líquido que fortalece el corazón y, con la bomba y la jeringuilla en las manos, me acerqué a Anna, que seguía durmiendo. Estaba ya inconsciente, pero eso no significa todavía la muerte... Tiré la bomba al escritorio y con dos dedos levanté sus párpados cerrados: sus reflejos ya se habían paralizado. Estaba delante de ella y... ¿sabes?, esas cosas se saben... Sería triste que no las supiéramos... Conozco el organismo de Anna, conocía los efectos del veneno, la dosis, sabía cuándo y cómo iba a responder su cuerpo... Sabía que la dosis era letal, pero también sabía que aún no había logrado actuar plenamente, sabía que aún quedaba tiempo para devolverle la vida, que tenía por lo menos media hora... Su pulso era débil,

183

irregular, pero si lo intentaba todo ella quizá se pudiese salvar. ¿Quizá? No sería médico si no hubiese podido salvarla. Era un caso típico, un ejemplo perfecto... Se habría podido hacer una demostración del caso en que, efectivamente, se puede hacer algo para salvar a una persona. Dejo la jeringuilla en el escritorio, me siento a su lado, le tomo el pulso, la miro. Le seco los labios con mi pañuelo. La miro un rato. Ahora ya sé que no la salvaré. Ella ha escogido ese camino, ya ha pasado lo peor, ha dado el primer paso. Ya no se entera de nada. Con un paso tan fácil como el que ha dado hacia el sueño, literalmente el sueño, puede pasar de la vida a la muerte. Está flotando en la inconsciencia, igual que ha vivido... No podría haber partido de un modo más hermoso... Sigo tomándole el pulso; se hace cada vez más débil, más irregular, más cansado. Es un ritmo peculiar. Ahora ya sé que no llamaré a ninguna ambulancia. Durante un momento dejo a Anna, pues la mujer que viene a limpiar está llamando a la puerta. Son las ocho de la mañana. Salgo y le digo que se vaya. En la puerta cuelgo un letrero: «El doctor Greiner está de viaje.» Regreso con Anna. Ahora... aunque quisiera no podría hacer nada. El cuerpo que tengo delante, ese cuerpo precioso, ese cuerpo amado no es más que una masa de células en las que palpitan las últimas luces de la consciencia. Ese cuerpo nunca se me ha entregado del todo. Apoyo los codos en las rodillas y la observo atentamente. ¿Por qué habría tenido que devolver su cuerpo a la vida? Algo le ha ocurrido, una desgracia de la cual no se puede culpar a nadie, un accidente tremendo e impersonal... Ha chocado con alguien en este caos terrestre y su alma herida ha seguido caminando sin llegar a curar nunca. ¿Qué más podía esperar? ¿Qué puede esperar un enfermo? Ella se ha ido fácilmente, con una sonrisa lánguida, dulce y triste en los labios, esa sonrisa que yo conocía y amaba tanto... Esa sonrisa era Anna..., todavía queda algo de esa sonrisa en su rostro, inmerso en la inconsciencia de la muerte. He estado observándola hasta pasado el mediodía. Ya no siento su pulso. ¿Cuántas horas llevo sentado al lado de su cuerpo? Eran las cinco y media de la madrugada cuando me di cuenta de que estaba inconsciente. Miro el reloj, ahora son más de las tres. Nueve, diez horas hemos pasado así, los dos juntos. Juntos, sí... Esas horas me pertenecen. En esas horas he comprendido a Anna, he comprendido las fuerzas que alimentan la vida y la muerte. No sabría explicarlo, no sabría hablar de ello. Lo comprendo, eso es todo. Hacia las cuatro, cubro el cuerpo de Anna con el chal que tanto le gustaba. Sé que la he matado. ¿Cómo se llama eso en el código penal? ¿Homicidio por omisión de ayuda o algo parecido? La verdad es que el nombre no me interesa mucho. Voy al cuarto de baño y me afeito. Luego vuelvo a la consulta, tiro a la basura la jeringuilla con el líquido que tenía preparado para fortalecer el corazón de Anna y saco otra que lleno de morfina. Me subo la manga de la camisa... Froto la piel con un algodón empapado en éter... Pero el movimiento me inspira miedo. Creo que no quiero morir todavía. Primero debo hacer algo. Esa insignificante precaución de médico me avisa de que no estoy siendo sincero, de que no quiero morir, por lo menos no ahora. Primero tengo que arreglar algo, tengo que saber algo. Hasta que lo sepa, no puedo morir. Necesito saber la verdad, necesito escuchar la otra mitad de la frase. Después sí... Anna ha comenzado la frase y te toca a ti terminarla. Las preguntas de una dama se responden... Dejo a Anna, cierro con llave la puerta de la casa, vengo a verte y te cuento mi vida. No puedo irme de aquí hasta que me des una respuesta. ¿Has soñado con Anna durante estos últimos años?

Teddy atraviesa la habitación, se acerca al escritorio y se detiene junto a su amo. El juez se ha levantado. Junta las manos detrás de la espalda y se yergue. La habitación se llena de una luz fría, húmeda. El rostro de Kristóf parece de plomo a la luz gris del amanecer.

—Sí —dice con voz ronca.

—¿Varias veces? —pregunta el otro.

—Varias veces.

Imre asiente con la cabeza, de buena voluntad, como si no esperara otra cosa. Ahora sólo le queda conocer algún detalle insignificante.

—¿Con regularidad?

La respuesta tarda en llegar. El juez contesta con palabras cortantes y secas, como si estuviese dictando.

—No puedo responder a esa pregunta.

El médico vuelve a asentir con la cabeza y se frota las manos despacio, con un gesto inconsciente, como si le hubiese dado un escalofrío.

—Claro, es difícil responder a esa pregunta. Pero no importa. Bueno... Una última cuestión —añade con amabilidad, con la humildad de antes—: ¿Ha ocurrido, durante estos diez años y tres meses, que alguna vez, mientras mantenías relaciones con alguien..., me refiero a relaciones físicas..., hayas visto con claridad el rostro de Anna?

Kristóf Kömives se levanta, rodea el escritorio, se acerca a la ventana y se detiene. Contesta mirando a la calle.

—No quiero responder a esa pregunta.

—Gracias, con eso es suficiente —concluye el otro con cortesía—. No tengo más preguntas que hacerte. Te lo ruego, perdóname por haberte molestado durante tanto tiempo.

Y, con una inclinación, se dirige hacia la puerta.

18

Kristóf Kömives acompaña a Imre Greiner al recibidor, lo ayuda a ponerse el abrigo y le abre la puerta.

—Adiós —dice Imre.

Está parado en el quicio. Se ha alzado la solapa del abrigo y tiene el sombrero en la mano. Se inclina de nuevo con timidez.

—Adiós —dice Kristóf, y cierra la puerta con llave detrás del médico. Por un momento se queda inmóvil, escuchando los pasos que se alejan lentamente. Luego regresa a su estudio. *Teddy* no se mueve de su lado—. A tu sitio —le ordena en voz baja. Pero *Teddy* está muy nervioso, tiembla, tiene el pelo erizado y lanza aullidos lastimeros. Kristóf acepta la presencia del tembloroso perro; se sienta en el sillón de su escritorio y le acaricia el cuello, la cabeza, el hocico húmedo.

El silencio de la calle dormida se rompe con el ruido del portón que se cierra. Kristóf mira su reloj: son las seis y cuarto. En media hora empezarán a limpiar la casa. Hace frío. Atraviesa las habitaciones heladas, se detiene en la puerta del dormitorio de los niños y la abre muy despacio. *Teddy* se le adelanta, entra sigiloso y se queda en mitad del cuarto contemplándolo con expresión interrogativa. Entre las dos camas con barrotes, en la mesilla de noche, hay encendida una lamparita cubierta por un velo. Gábor duerme profundamente, todo destapado. La rubia cabeza de Eszter se ha escurrido de la almohada, y la niña abraza el Mickey Mouse de peluche que la esposa del general, con exquisita intuición moderna, le ha traído de Viena hace dos semanas. Kristóf se pone entre las dos camas y, con mucha suavidad, cubre a Gábor y vuelve a colocar la almohada bajo la cabeza de Eszter. Mira a su hija dormida, a su hijo Gábor, que por la tarde quería jugar a los tres cerditos y como no encontró al tercero, y quizá también por otras razones, estuvo nervioso y alterado el resto del día. Ahora está tranquilo, su rostro refleja serenidad, sonríe. Parece que está soñando algo agradable. Kristóf observa pensativo su rostro, su sonrisa. Ese niño es el último retoño del árbol familiar de los Kömives, y Kristóf Kömives desea ardientemente que ese niño puro y sereno tenga sueños agradables, que las fuerzas de la noche no se le acerquen, y así tal vez la mañana en que Gábor Kömives despierte a la vida será clara y pura. Allí está él, parado entre las dos camas, pensando en la sombra que se ha metido en su casa durante la noche.

Va hacia el dormitorio donde está Hertha y se detiene en la puerta entreabierta. Mira detenidamente a la mujer envuelta en el velo de la penumbra. Examina su rostro con seriedad y atención, aspira profundamente los perfumes familiares de la habitación, contempla el crucifijo y la pila de agua bendita. Hertha es una mujer cristiana, una mujer creyente, piensa. Conozco sus sueños. Esta mujer y estos dos niños no pueden ser un malentendido. Y sonríe con tristeza y cansancio. La mujer percibe su mirada, suspira, se da la vuelta, levanta un blanco brazo describiendo un arco en el aire y lo deja caer otra vez sobre la manta. ¡Duerme!, piensa Kristóf, ¡duerme tranquila, ya amanece!

Cierra la puerta y se aleja de puntillas. Deja el ambiente familiar de sus seres queridos y regresa al estudio, se despereza. ¿Qué puede hacer ahora? Ya es tarde para dormir, en pocas horas empezará la nueva jornada laboral. Se siente como después de un largo viaje, cansado pero excitado, como si durante la noche hubiese atravesado paisajes inhóspitos y ahora se alegrara de volver a encontrar las cosas conocidas, la casa familiar, que aparece bajo las primeras luces de la mañana. Se dará un baño, se afeitará, se cambiará y desayunará con los niños. A las diez en punto, la hora del primer juicio, estará allí sin falta. Habrá que cambiar el orden del día, porque uno de los juicios no va a celebrarse. Allí estará, puntual, para atar y desatar, para unir y separar, igual que siempre.

Se acerca a la ventana y observa la calle, que va tomando forma y haciéndose cada vez más nítida bajo la dorada luz matinal. Se apoya en el alféizar y permanece así durante un rato. Se reconforta con la sensación del que contempla de nuevo los tejados de su ciudad después de un largo viaje nocturno. Percibe en su cuerpo un cansancio extraño, despierto, atento; la tensión se suaviza, todo su ser se relaja, se siente a salvo después de haber pasado un peligro desconocido, el peligro de un viaje por lugares ignotos. Ahora vivirá más en casa y, posiblemente, no se alejará en mucho tiempo del entorno conocido. Ésa es la realidad, esas casas, esos seres queridos que duermen en la habitación de al lado, el trabajo, el mundo visible. Sí, ha recorrido un largo camino esa noche. Debemos vivir con humildad, porque entre la vigilia y el sueño nos conduce una mano invisible, nos guía una voluntad anónima. Él desea tener fe, desea tener fe en el mundo visible y también, humildemente, en ese otro que no conoce. Desea servir a su familia y a la otra, más amplia, que le resulta tan querida y a la cual ha hecho un juramento. Ha jurado servir a la comunidad según las leyes divinas y humanas. Lo demás no es asunto suyo. Lo demás... Se pasa la mano por la frente. Su mirada indecisa se mueve de la imagen que ofrece la ventana al retrato de «Kristóf I». El gran juez contempla el mundo con ojos sosegados y desapasionados. El pintor lo retrató vestido de gala, con el traje tradicional, y la imagen es solemne pero no inspira temor. Contempla el retrato y le parece oír la voz del hombre desaparecido: «¡Despierta, Kristóf Kömives! ¡Despierta y mantente fuerte! Tu tiempo es el día. ¡Mantente humilde y fuerte! ¡Continúa siendo fiel y severo! El mundo es una materia plástica, ¡sigue moldeándola!»

Kristóf baja la cabeza y esconde el rostro entre las manos. ¿Cuánto permanece así? Sólo su cuerpo está cansado y débil, sólo su cuerpo. Hertha no tardará en despertarse y entonces hablarán... con palabras sinceras, como lo han hecho siempre; hablarán de la vida y de la muerte, del día y de la noche. El ruido del camión del lechero atraviesa la calle. Los pájaros ya han empezado a cantar. Las casas están en su sitio, firmes y seguras a la luz de la mañana. Parece que será un día caluroso y húmedo de otoño.

La noche ha acabado, comienza el día.